JN124350

夏のレクイエム

小川征也

Ogawa Seiya

作品社

この本を
亡き妻と長女へ
届けたい
君たちが書かせてくれた
想い出の詰まった
この本を

夏のレクイエム

序章

妻が九月に亡くなり、十一月末に納骨を済ませると、とたんに呆然（ぼうぜん）、風に揺らぐ根無し草状態になった。

齢八十二のこの老骨、これからどうやって生きていくのか、生きられるのか。

妻は自宅で息を引き取ったのだが、最後の四十二日間、邪悪な癌が喉をふさぎ、一滴の水も飲めなかった。渇きをいやすためには氷の小片を口に含み、吐き出すだけ。二人きりの世帯なので、夫は否応なく氷の運び屋をやることになり、妻の寝ている二階へ、昼夜の別なく階段を上り下りした。おかげでふくらはぎがだいぶ太くなった。

むろん肉体的にはかなりきつい作業であった。ただ、死を前にしていると思えぬほど二人はジョークを言い合い、一度もいさかいをしなかった。こんなこと、ここ数年あったろうか。

納骨からしばらくした或る日、夫は脳をいたく刺激される一品に出くわした。妻の寝台のへッドボードに小さなノートを見つけたのだ。焦げ茶の表紙、針金のリングで綴じられたA5の帳面。その場で目を通すと、何とそこに最後の日々のあれこれが記してあった。水分が喉を通らなくなった八月一日から死ぬ四日前の九月七日まで。

そういえば、辞世の句残しておきたいといってノートを手にしているのを見た覚えがあるが、日記をつけているとは想像もしなかった。

一日の分量は長くて一頁ぐらいだが、あの体でよく書けたものだ。

中身は体の状態や看護の様子はむろん、娘たちや夫婦のことも書かれてあり、文字の乱れはあるものの文章は整然、最後まで頭は確かだったようだ。

さて、夫は物書きである。何度も読み返すうち、これを篋底に置いておくのが惜しくなった。この中には自分に不都合なこと、思い出したくないことも含まれているが、この日記を土台にして小説が書けないものか。

そう思ったとたん、五体に元気がよみがえった。そうだ小説を書こう、事実を骨格とし、それに肉を付け、色を付けるのだ。夫は早速、登場人物の命名から始め、とりあえずこの序章に二人の出会いと、ゆるゆるとした付き合いを綴り、第一章で妻の日記を登場させよう。


二人が出会ってからもう六十年ちかくになる。初めて顔を合わせたのは赤坂通り・山王下に近い喫茶店。中江の高校の先輩で四浪の後、家業見習いをしている男に本を返しに来たのだ。題名は「壇ノ浦夜合戦記」。源義経と建礼門院の色事をてんめんと描き、「春草まばらにしてやわらかなり」なんて文章が出てくる。中江はカウンターに腰を下ろし、新聞紙のカバーがぶかぶかのその本を先輩に渡し、コーヒーを注文した。彼は先日この店を「ル・セレクト」と改名し、パリにも同じ名のカフェがあると自慢した。たぶんそこは、だだっ広く、壁が灰色まだらで、椅子のスプリングがバカになってるんだろう。

ほどもなく、ギーと戸のきしむ音がして若い女が入ってきた。外の眩しさを払うように瞼をぱちぱちさせ、それから眼球をぴかっと光らせ中をうかがい、結局カウンターに腰を下ろした。中江と椅子を一つ隔てた左の席である。入店から着席までじろじろ観察したところ、スカートは膝上十センチほど、足はすらりとし、首もほっそりと長い。そんななか、頬っぺただけはふっくらとし、指でつつけばえくぼが出来そうに見えた。

中江はこの頃小説家にならんと野望を抱き、原稿用紙も取材手帳も2Bの鉛筆も揃えていた。だが肝心の人物像が思い浮かばない。性格や思考傾向ばかりかその外貌さえもイメージできない。

そんな中江へ、入って来た女の印象が霊感なみに働いた。この女人、人物作りに役立つかもしれないぞ。

中江は少しの間、先輩と女のやりとりを黙って聞き、この客ただの常連だろうと見なし、先輩にサインを送った。右の人差し指を左方に向けてから自身に向ける。これを三度くりかえしたらわかったらしい。先輩があちら様にいった。

「こちらの客があなたを紹介してくれといってます。しかし僕は、こちらが大学院仏文科の学生であること、あなたが民放の報道局に勤めていること以外知らない。あとはどうぞご勝手に」

あちら様がケラケラと野放図に笑い、さらにフフフとつづけた。中江は額に噴き出た汗を手で拭いながら、あんなサイン出さなきゃよかったと後悔した。一目ぼれしたと思われるんじゃないか、それに、何を話せばいいんだ。

女は気さくなタチであるらしく、八百屋でトマトを買うようなつるんとした顔で質問した。

「仏文といいますと、サルトルか何か、ご研究で」

「ま、そんなとこです。専門の先生がいないので、目下迷走中です」

「前途洋々なんですね」

女はこの男、適当にあしらってやれと思ったのだろう、声の調子が浮き浮きと弾んでいる。

中江はむっとし、腹いせに口笛を吹いた。007の『ロシアより愛をこめて』で、ロマンチックな抑揚をつけてピーピーと吹き、ぱたっと吹きやめると厳かな口調で質問した。

「報道局にお勤めとか。政治記者なんですか」

「いいえ」

つっけんどんの答えの数秒後、何かピーピーにちかい音がした。女が唇をひょっとこ形にして何か吹いている。

「それは何の曲？」

「あなたさまの吹いた曲」

「へぇー、それがねぇ」

「ところで真面目な話、わたし、アルバイトなんです。使いっぱしりやってます」

「いわれればどこにでも行くんですか」

「だいたいどこへでも」

「たとえば映画館へも？」

「ええもちろん。あれっ、それ、わたしをお誘いになってるの？」

「そうですとも」

「フランス映画？」

「日活も見ますよ。裕次郎や旭も」

「おお、わたし旭のファンなの」

「彼の渡り鳥シリーズ、ぜひ行きましょうよ」

中江は映画の主題歌「ギターを持った渡り鳥」を口笛で吹き、それから鞍馬天狗や笛吹童子の話を交わすうち映画行きがすとんと決まった。

二人は有楽町の日劇前で待ち合わせた。中江は会うなり、何だか変だぞと相手の顔を凝視した。肩までの髪のそこかしこ、ちらちらと茶色をしている。正確には亜麻色というのか、こないだもこうだったかな（メッシュというこの髪型、当時はほとんど見かけなかった）。

中江は妙ちくりんな髪にショックを受け、あらぬことを口走った。

「君、風呂に入ってきた？」

「何ですって。なぜお風呂に入ってこなきゃいけないんです」

「俺、なぜ朝風呂に入ったんだろう。ま、映画に行こう」

中江はショックの余韻からか、ずんずん歩を進め、国鉄のガードをくぐり日比谷の名画座の前まで歩き、そこで「玉水明子さん」と相手の名を呼んだ。「小林旭でなくてよろしいか」

「はい、中江友治（ゆうじ）さん」

上映されていたのは喜劇役者フェルナンデルの『陽気なドン・カミロ』。ぬーっとした馬面の、ここぞのときにぎょろりと眼を剝く田舎司祭。これを武器にコミュニスト町長をやり込めるのを見て、中江はすっかり軟化して、明子の髪型も気にならなくなった。

二人は映画館を出て喫茶店に入り、ともにクリームソーダをとり、たわいのない、艶っぽくもない雑談をした。その間中江は、今度銭湯に行きましょうよといいかけ、何度も口をつぐんだ。かような雑談は一時間ともたず、そこで中江は「玉水明子さん」とこの日二度目の呼びかけを行い、あごをだらんと下げた。

「それ、何ですの」

「俺、フェルナンデルみたいな顔になりたい」

「どうしてあの顔に」

「馬がニヤっと歯をむき出しにした顔で、女心をつかみたい」

「それは無理。そのお顔、丸四角で目は切れ長、笑うとやんちゃそうなボーイになるもの」

「そうだ、小さなやんちゃをやろう。この次は銭湯へ行きましょう」

「わたしのこと、甘く見ないでください。さあ、帰ってお風呂に入ろっと」

二人は地下鉄の日本橋まで歩き、道々、今度は水道橋か飯田橋で会うことになった。水道橋は明子の、飯田橋は中江の、それぞれ出身高校があるという、ただそれだけの理由。

「どちらにします。ジャンケンで決める？」

「いや、君の出た女子高のほうが俺の都立高より進学率がうんといい。水道橋にしよう」

「わたし、進学率に貢献してないけどね」

さて当日、駅の改札で落ち合い、行き先を協議しているとジェットコースターのきしみ音が聞こえた。後楽園遊園地がすぐそこにあるのだ。あれが急降下する際キャーと悲鳴を上げる女子とその手をぎゅっと握る男子。

「どうお、ジェットコースターなんか」

「あそこのはつまらない。逆さにならないもの」

中江はぶるっと肩を震わせ、「名曲キッチャでも行くか」とぼそぼそつぶやいた。二人は後楽園とは逆の神保町へと足を運び、靖国通りから脇道へ曲がり、突き当りの店に入った。

そこは、ベートーヴェンを深刻な顔で聞くにふさわしい暗さにしてあった。奥行きが長く、かび臭く、灰褐色の壁にごつごつと太い梁。二人は半地下の席に案内された。民芸品仕立ての椅子が通路を挟んで二脚ずつならび、奥の音響装置がサディスティックなほどの轟音を響かせていた。二人は着席しコーヒーを頼んだ。効率よく客を入れるためであろう、椅子が狭く、膝と膝が触れ合いそうである。そのうえこの暗さだから変な気分が起きるのではないか。

ドーン、ドンドン、ドーン、ドン。

ショスタコヴィッチの「革命」であろうか。地軸を揺るがすほどの大太鼓の音に、変な気分どころではなくなった。革命の猛火がようやく鎮まると、明子がこんなことをいった。

「卒論の資料を集めるためこの辺にはよく通い、ここにも入った覚えがあるわ。こんな暗い席じゃなかったけど」

「卒論は何を」

「中原中也論」

「そうそう、中也の『サーカス』という詩に「幾時代かがありました　茶色い戦争ありました」とありますが、茶色い戦争とは何ですか」

「明治以前のきなくさい戦争を、中也がそう感じたのです」

「彼の詩で好きなのは」

「トタンがセンベイ食べて春の日の夕暮は穏やかです　アンダースローされた灰が蒼ざめて春の日の夕暮は静かです」

難解な詩句が耳の奥にアンダースローされ、中江はしばし口をつぐんだ。十数秒後、明子が「あらっ」といった。

「どうしました」

「この曲、誰でしたっけ」

ショスタコヴィッチの大津波のあとに、これはまた夕凪のようなアンダンテ。ブラームスの弦楽六重奏曲一番である。ブラームスといえば暗鬱な曲の多いなか、この一番はさりげない優しさに満ちている。夏のたそがれの池の面、幽かな風と淡い残光を受けた波のたゆたい。そんな風な情景が連想される。

この曲をBGMにして、ルイ・マルが『恋人たち』という映画を撮った。主演はジャンヌ・モロー。額のひろい、唇のめくれた、ぶすっとした顔の女優だが、どうしようもない倦怠を天稟のようにそなえ、短い文節をひくく突き放すように話すと、めくれた唇から魔性のエロスが放射され、男を呪縛する。このモローが人妻役になり若い男と一晩、愛の行為をえんえんと営むというストーリー。

「これ、ブラームスだよ」

ワンテンポ遅れて中江が返事した。

「そうそう、あの映画に使われていたのね」

「『恋人たち』だ。君、あれが封切された当時高校生じゃなかった？」

「そう、三年生だった。私服を着て見に行きました」

「で、愛のシーンの感想は」

「途中で、あれっ変だな、スクリーンがぼやっとしている、と気づいたの」

「まさか、映倫の仕業じゃないだろうね」

「ほんとについてなかった。結膜炎にかかっていたの」

中江はやる方なく水を飲みほし、半分腰を上げた。「古本屋をぶらつくとするか」

「うん、卒論で世話になった店へ行ってみたい」

二人ともよほど本好きなのか二時間ちかく古書店をめぐり、明子の目当ての店にも行った。あるじは居なかったが、古今東西の詩歌を揃えている。これはもしやと中江は棚をさがしまわった。

「どうしたの、中江友治さん」

「君、ブレーズ・サンドラルス知ってる？」

「知らないわ。そのひと詩人？」

これは意外だった。中也の研究をしたのなら名前ぐらいは知っていると思ったからだ。どちらも突飛な表現による幻想の即興詩人と、中江の頭には整理されている。どんな詩があるの、と明子が聞くので、ほんの一部なら覚えてると中江は答え、その場で朗読した。

「血だらけのけものの身体を　夕方　海辺づたいにひいてゆくのは　このおれだ　俺が行くとき　波間から無数のタコが立ちあがる」（なだ・いなだ訳）

「わあ……わあ……」

「彼は長い長い、天からふんどしを垂らしたような詩を書いている。題は『パナマ　あるいはぼくの七人の伯父たちの波瀾の生涯』といって、いま吟じたのはその一節」

「わたし、読んでみたい」

「さっきからさがしてるけど、どの店にも見当たらない」

「図書館へ行かなきゃだめかしら」

「俺、この詩が入っているフランス詩集を持ってるよ。家に一冊」

中江はさらに、父親が代議士をしていて、その宿舎がここから十五分、九段上にあること、宿舎に入るには面会票を書かせられるよと話した。

「わたし、その本借りたい。受付まで行っちゃダメ？」

中江はちょっと思案した、というよりそのふりをしただけで、心中こんな思いが溢れかえった。（受付はあるにはあるがフリーパス。それに親父は地元の京都へ帰ってる）

「本、貸すよ。出発」

神保町で薄暮の明るさだったのが九段ではすっかり夜になった。議員宿舎は靖国神社の参道を中程で横切り、突き当りのお嬢さん学校、白百合学園の真裏にある。二人は手をつなぐこともなく、友人の節度をまもって歩を進め、神社の参道を横切り、その中程まで来た。このとき中江の歩調が自然とゆるんだ。左の道端に神社の大燈籠がある。岬の燈台みたいにでっかく、その半分が蔭となるのでよくアベックがひそんでいる。中江はとっさにそちらへと爪先を向け、「今日はどうかな」と大声でいいながらなおも進み、五、六歩で闇の中に入った。アベックはおらなかった。

この衝動的行動、自分勝手にやったので、戻らなきゃと中江は踵を返した。おおっ、中江はびっくりして棒立ちになった。わずか一メートルのところに明子が立っていて、何だか怖かった。闇を見た眼が錯覚したのか亡霊のように見え、これが声を発し、はっきりこういった。

「わたし、あなたと結婚したい」

棒立ちのところへこの一言、驚愕のあまりさらに硬直し倒れそうになった。

後になって考えると——彼女、男が燈籠へ行くのを警戒もせずついていったが、到着したところが暗闇で、しかも男が急に振り向き迫ってくるように見え、とっさに結婚を口にしたのではなかろうか。ともかく相手をびっくりさせて追っ払うために。

いずれにせよ「結婚」の一言で、宿舎へ誘いこむ計画は出鼻をくじかれた。やる気をなくした中江は受付のベンチ椅子に明子を待たせ、そこでフランス詩集を手渡した。

さて、議員宿舎が出てきたついでに関連の話をしよう。当時の中江、一応大学院生であり正業がなかった。小遣い銭の出所は親父で、臨機に仕事を与えられ、親父が一方的に決めた手当をもらっていた。演説原稿の下調べ、選挙の運動員、後援会通信の編集などである。

この手当はどこから出るのか。親父は政府与党に属し、盆暮れに党や派閥の親分から餅代が配られる。これを議員宿舎に持ち帰り、息子に背を向けて勘定する。たぶんその中から出していたのではなかろうか。

それでも中江の懐、たまに潤沢なときがあった。パチンコの稼ぎがそれで、そういうときはビヤホールや新宿の安バーをはしごしたりした。

話を明子関連にもどすと、三度目のデートからはくっきりと一つの道筋がついた。土曜の四時、飯田橋の西口改札で落ち合い、中江の出た都立校とは逆の、神楽坂の坂道を五分ほど上り、毘沙門さまの向かいにあるパチンコ屋「マリー」に入る。そこで時間を見計らい、五時半に出て後楽園球場へ向かう。

中江は現在の日本ハム、当時の東映フライヤーズの、虎キチにも負けないほどのファン。明子に「プロ野球見る」と聞いたら「テレビでときどき」と答えた。「好きなチームは」「特にないの。巨人とか阪神は好きじゃない」「おー、気が合いそうだ」早速南海戦を見に行ったところ、彼女、一度でフライヤーズのファンになった。がらんとしたのどかな観客席。野武士のごとき選手たち。ヤジの声のよく通ること。「カーブの打てないノームラ」「偏平足のノームラ」「大飯食いのノームラ」明子は「野村さんかわいそう」といいながらくすくす笑っていた。

パチンコ「マリー」は時間つぶしであったが、明子を連れて行ってからは穀つぶしにもなった。明子は必ず中江の隣に座り、初めの百円は自分で球を買ってくる。当時は今のように自動式ではなく、左手で球を穴に入れ右手でそれを打つという悠長な方式。それでも明子は五分ともたず、「あーあ」と悲壮な声を上げ、隣を見る。「持ってっていいよ」中江の皿から百円分以上の球が隣に移され、しかしこれもすぐにすってしまう。「あのね、力の入れ過ぎだよ。指でもって運ぶような気持ちでてっぺんを狙ってごらん」「そうなの。そのやり方でやってみようかな」中江は百円分をさらに入れてやり、そちらは見ず耳で音を聞いていたら、球が次々と釘の間を縫って底へと落ちてゆくのがわかった。「何よこの台、友さんの隣でやるのがいけないんだ」「どうぞ、どこへでも行きなさい」「あーあ、冷たく突き放すのね」明子がぐずぐずしていたので、「元気でな」と餞別がわりの球を渡したが、またたく間にもどってきた。

ああ、こんな女、嫁さんにしたら大変なことになるな。

だいたい毎度こんなことのくりかえし。ただし或るとき、「今日はいたしません」と明子が宣言した。「どうしたの」と聞くと、右の親指の包帯を見せ「スズメバチに刺されたの。鉢植えに水をやっていたとき」と説明した。「家に巣があるの？」「近くの深川不動尊から飛んできたのよ」「不動尊がスズメバチを送ってよこしたわけ？」「そうよ。友さんの球を横取りしたバツとして」「かしこいハチだね」

この日は球がたまるばかりの大勝ち。そのうえ野球もついていて、九回裏フライヤーズの毒島が右翼席へサヨナラホーマーを放った。中江は気宇壮大になった。よーし、銀座に出て、一度行ってみたかったあの店に行き、パーッとやろう。それを口にも出し、銀座・数寄屋橋までタクシーを飛ばした。

その店は地下にあり、大理石まがいの階段を降り褐色の重い扉を開けると、歯切れのいいアコーディオンの音。中は奥行きが長く照明は淡い金色。二人は蝶タイをした青年にステージに近い、二人用のテーブル席に案内された。ここの接客係はみんな若い女子、花の刺繍された白いブラウス、前掛けをつけたチロル・スタイル。

二人は生ハムとザワークラウト、ビールをジョッキで頼んだ。運ばれてきたジョッキは長靴の形をしていて、「爪先を下にして飲んでください」とチロル娘にいわれた。早速中江がその逆を実験してみると、飲むほどに爪先のところへ空気が溜まり、さらにジョッキを傾けると、その空気がゴボッと上がってきて泡が鼻にかかる。明子が負けじと真似をし、泡が鼻にかかるまでやり、「わーいわーい」と、鼻を濡らしたまま目をくるくるさせた。

明子は二杯目も、爪先を上にする長靴遊びをした。子供っぽいのか何なのか。食べるほうも、生ハム、ザワークラウト、どちらも中江の倍ほど速く食べ、「チーズの取り合わせでも頼むか」というと、「うん、取ろう取ろう」と無邪気なくらい遠慮しない。細身の体のわりに大食いであるようだ。

中江には算段があった。この店のあと新宿花園町の若い文士の集まる安酒場へ行こう。そこで角の水割りを二杯ほど飲んでるうちに終電が出てしまうだろう。

銀座をあとにする時刻も計算してあったが、明子はすでに二杯目を空にし、こんなことをいった。「ジョッキの正しい持ち方も覚えたことだし、今日の毒島さんに乾杯したい」

「君ね、三杯目を飲むと、スズメバチに刺されたとこが化膿するよ」

「フライヤーズがサヨナラ勝ちするなんて、めったにないことでしょ。友さん、乾杯しましょうよ」

つい、もう一杯取ってしまい、結局新宿行はおじゃんになった。

靖国神社の燈籠以来、明子は結婚の「け」の字も口にしない。自分は部屋住みの身であるから、そもそも資格がない。この付き合いのさまは、風まかせの二艘のヨットがたまたま同じ方へ鈍行しているようなもので、例えば付き合って半年後どんなであったかを書いてみると、

――落ち合ったのは飯田橋の西口、時刻は午後一時。この日の明子はぴたっと体に合ったネービーブルーのツーピース、淡い水色のネックレス、中ぐらいのヒール、という出で立ち。中江は秋冬兼用の鼠色のブルゾン。

「どちらへ行くの、神楽坂の方？」

「いや、靖国神社の方にしよう。ただし昼間だから燈籠へは行かない」

二人がやりとりする間に、中江の眼がネックレスのループを経て首筋のホクロにとまった。ごま粒より大きく、キャビアより小さな漆黒の球。それは白磁のようなうなじから浮き出し、

網膜ばかりか鼻腔にまで浸潤し、何かが匂った。これは何の匂い？

　二人はならんで歩きだした。歩道が狭いので肩が触れ合わんばかり。身長差は十センチほどあるが、ゆっくりと歩調を合わせ、ゆるい坂道を上がって行く。並木の影と人の影、木漏れ日の照る歩道はほこほこと暖かく、やはり何か香りがしている。明子のホクロが日輪を受け汗ばんでいるのか。

　五分ほどで道が二つに岐れた。左の方へ坂を少し上がると、目当ての店がある。辛いインドカレーを出す店で、以前は外国商人の屋敷でもあったのか、建物は洋館、外壁は中央アジア風の土色、庭にヤシの大木がのそっと立っている。

　二人は何種類かの中からともにチキンカレーを選び、飲物はと聞かれ、明子は「水でいいです」中江も「同じです」と答えた。ここのは学食の五倍は辛い。一皿食べきるのに、中江はコップ三杯の水を必要とした。対する明子は一杯きりでケロッとしていて、「友さん、汗かきそうね」と人の顔を観察する目つきになった。

「俺、汗っかきでね。ジャンヌ・モローに嫌われそうだ」

「まあ」

　二人は店を出ると靖国神社と電車道を突っ切り、千鳥ヶ淵へと歩を進めた。ここの濠は岸辺に桜の大木が連なり、どどっとなだれる咲きっぷり、それが水に映るさまは言葉を失うほどだ。いま桜の木々はあらかた葉が散り、針金細工のオブジェのようだ。

お濠には幾艘か手漕ぎボートが浮かんでいた。どのボートも男女の二人組が乗り、進み具合は超鈍行、義理でオールを動かしているように見える。それもそのはず、どちらへ漕いでもすぐに土手へぶつかってしまうから。

われらもボートに乗ってみるか、中江がいおうとしたら、明子が「あら、汗が」と、ハンドバッグからハンカチを出し、中江の額にぴたっとつけるようにした。中江はこれをリレー式に受け取り、顔を一周させると四つに畳み「ありがとう」と礼をいった。もうこのとき、ボートは忘れてしまい別のことを考えていた。

「あそこに入ろう」

濠に沿って、都心にしては小さなホテルが建っている。企業の保養所のような、郊外の林の中にでもあるような、そんな静かなたたずまい。明子がすぐに「うん」といった。

ホテルの中にはレストランがあり、二人はそこに入り、濠に面した窓際の席に向き合って腰を下ろした。窓は広く、岸の桜の枝越しに向う岸の急な崖が見える。BGMがマントヴァーニの甘美な音楽を奏でている。注文した飲物は二人ともココアで、明子は水が置かれるとすぐに手を伸ばし、一気に飲んで、中江のほうの半分も自分のグラスに移した。室内はアトリエのように明るく、中江は日なたの猫になったような気がし、こんなことを考えた。このままこのホテルにステイしたいな、空室はあるかな……。

とつぜん、明子がとてつもないスケールの質問をした。

「中江友治さん、私たち、一生付き合えるかしら」

「う、うっ」中江は思わず口ごもり、ふた呼吸ほどおいた。

「それ、一生友人でいたいということ」

「だいたい、そういうこと」

「俺たち肩も触れあい、ハンカチを貸し借りするほどの仲だけど、一生それを越えないということ？」

「あなた、何がいいたいの。愛の行為をするか、しないか、と問いたいの」

「俺、さっき飯田橋の路上で君のホクロを発見して、そのような行為をしたいと思った」

「まあ」

中江はまたふた呼吸ほどおき、ぴんと背を立てた。

「それで、いつしようか」

「何をよ」

「愛の行為をさ。何をするにもまずスタートしなきゃならない」

「スタートといわれても、それは……」

「部屋、空いてるかな」

「どこの部屋よ」

「このホテルの」

「まあ……ここって、そういうホテルなの」

「いや、シティホテルだよ。フロントに聞いてみようか」

「何をよ」

「部屋、空いてますかって」

「フロント係がいい人で、万一受け入れたら、わたしどうしよう」

「たぶん、いい人だと思うよ」

明子の手がグラスに伸び、それをゴクンと飲むと一礼した。

「失礼でございますが、当ホテルは汗っかきの方はご遠慮願うシステムになっております」

ひくい、いんぎんな男声で明子がそういった。

1章

明子の日記

八月一日（月）

今夜初めてビールが飲めなくなった。三五〇CCの缶ビールを三分の一飲んだところで喉にふたをされたように一滴も通らなくなった。夕食は、お昼のサンドイッチがまだ喉につかえていて、箸も取らなかった。

水はどうかと試そうとしたが、ひどくむせてドロッとした液が戻ってくるばかり。

昨日、教会の友達と電話で話し、たまたまこんなことを聞いた。「うちの母、お酒が好きでね、ビールを飲めなくなって一週間後に亡くなったの」

自分も終わりのときが近づいているのだ。

心の準備は十分出来ているつもりだし、あとは天なるお方におまかせであるが、死を待つだけじゃなく何かやること、無いだろうか。
ただ一つ思いついたのが、最後の日々を記すこと、一行でも一語でも記すこと。なるべく冷静に客観的に書きたいけれど、そうもいかないだろう。そこでせめて文章にしまりを持たせるため、ふだん「友(ゆう)さん」と呼んでいる夫を「友治」と、「菫ちゃん」と呼んでいる娘を「菫」と表示しよう。

八月二日（火）

友治とは生活のサイクルがあちらは朝型、こちらは超夜型で、食事時間がずれることが多い。固い食べ物がのみこめなくなり、噛んだものを皿にもどすようになってからは食卓を同じゅうせず状態だ。それで今朝になって、昨晩から一滴の水も飲めず、喉のあたりが苦しくて眠れなかったことを友治に告げた。彼はすぐに海浜クリニックに出かけその旨を告げ、福本先生の往診を依頼してきた。

先生は午後一番で来てくださった。そして二月に病状が判明したときと同様、食道辺の詰まりを改善するための切開手術、水分補給のための点滴など説明された。とても穏やかな、羊のように優しい眼差しで話されたので、ムキになることなく「出来るだけそうしたくはありません」とやんわりことわった。

こんな患者、ほかにいるだろうか。先生はとりあえず不眠と不安な気持ちをやわらげる薬を処方してくださるという。

「喉の渇きをいやす方法、ありますか」と友治が聞いた。

「水分を口に含んで、吐き出すしかありません。氷の細かいのがいいでしょう」

この家が夫婦二人きりと知っている先生は友治を見てそういわれた。あなたが氷を運ぶことになるんですよ、との無言の教示。友治はそよそよと平気な顔をしていた。

先生は今後の医療対応についても説明された。訪問看護を一日おきに、医師は看護師から逐次報告を受け、適宜往診、薬の処方など行い、薬は医師より直接薬局に指示し、自宅へ配達させることとする。

私は福本先生の温顔を見てすっかり安心した。でも同時に、誰にも面倒をかけずに逝くという願望は根底からくつがえされた。友治に氷運びをさせなくてはならない。

友治の原稿

日記の最初の行にビールが出てきたのにはおそれいった。さりながら、中江はこの一言でほっとし、以後頁をめくるのがこわくなくなった。

まず明子の病歴から始めねばなるまい。十四年前乳癌で入院するまで（二度のお産と歯の治療は別として）彼女が医者にかかったという記憶がない。乳癌のときも、中江が検査を受けるようやかましくいってやっと受診したのである。尻の肉が落ち、それを蔽うスカートが古びたカーテンのように見えた。眼の錯覚かと何度もそのあたりを注視し、女の腰と思えぬストンとしたすぼまりに危惧を覚えた。

やはり癌を患っていて、左乳房のほぼ全摘の手術を受けた。

この五年後、もう一度乳癌を、四年前に直腸と膀胱癌の手術を受け、経過観察の必要をいわれていたが、コロナのせいもあって一度も病院に行っていない。

医者嫌い、というのではないけれど、かなり徹底した病院嫌いである。腹下しはもとより、高熱が出ようがひどい頭痛がしようが売薬で済ませてしまう。なぜそれほど病院を嫌がるのか、中江にはその理由がさっぱりわからない。ともかく病院へ行けというと、喜劇的に強情になる。

いやいや一度だけ「病院へ行ってくる」と家を飛び出していったことがある。数年前庭の草引きをしていて何かに刺されたのか咬まれたのか「痛い痛い」と手を押さえ、救急車を呼ぼうとする夫を押しのけ、車を発進させていった。二時間ほどで戻り、「どうだった」と聞くと、「先生、はっきりしないの。解毒剤注射してくれた」「スズメバチじゃないのか。君、若いとき刺されたことあるだろう」「うーん、あのとき今日ぐらい痛かったかしら」

やはり敵はスズメバチであった。一週間後仕事に入った植木屋が親方、弟子ともに刺され、退治の業者に来てもらったら、軒下と生垣と八畳間の床下と三コも巣があった。「旦那、よく刺されませんでしたね」と親方にいわれ「うん、いい人は刺さないのさ」と応じていると横合いから「罪深い人は敬遠するのよ」と明子が余計なコメントをした。

去年の十一月、今度は足の拇指が痛いと言い出した。その痛さはスズメバチを思い出すほどだという。今度は部位が足であるから車を飛ばすわけにはいかない（ちなみに中江は車を運転しない）。家には歯科医にもらった痛み止めが残っており、とりあえずこれをのませ、そっと音も立てず中江は家を出た。

明子は、あらためていうまでもなく、掛かりつけ医を持っていない。そういう自分も持っていない。これは大変心細いことだ。誰か一人往診してくれる医師と知り合っておくこと、この際これを何とか実現させよう。

すでにインターネットで調べ、わりと近くに希望に応じてくれそうな医療機関を見つけてあった。名前は「海浜クリニック」、鎌倉にある総合病院の系統で、医師も何人か勤務しているようだ。

中江は明子の保険証だけを持って、あとは当たって砕けろの気持ちで家を出た。なにしろ家族のだれもかかったことがないのに、いきなり往診をお願いするのだから。

一戸建ての多いこの辺り、中層マンションの一階にクリニックはあり、待合室も診療スペースも町の医院よりだいぶ広い。受付して五分後に看護師らしい女性にカウンターへ呼ばれ、そこで中江は「妻も私も一度もこちらにかかったことがないのに無理なお願いなんですが」と切り出し、妻の足指に激痛があること、救急車を呼ぶかどうか判断がつかずこちらにうかがいましたと、少し尾ひれをつけて状況説明をし、九十度頭を下げた。「先生に相談して来ます」そういった人は十分もせずに戻ってきて、にこにこして告げた。「午後遅くになりますがお宅にうかががいます」

　家に帰り、中江は本を棒読みする調子で明子にいった。

「海浜クリニックの先生が夕方往診に来てくれるって」

「えっ、何よそれ」

「俺の一存で決めた。思いつきでやったわけじゃない」

「うーん、勝手に決めたりして」

　これは想定どおりの反応であったが、声に鼻の湿り気が感じられた。

「シャワー浴びなきゃならないし、頭もくしゃくしゃだし」

　なおもぶつぶついっているのを、中江は退室しながら聞き、そういうと思ったよと独り言をいった。

　夕方、思ったより早い、まだ明るいうちの訪問であった。白衣を着た男二人。「私、院長の福本と申します」自己紹介した人は、背のすらっとした、銀髪の綺麗な、優しい二枚目顔。もう一人は逞しい肉付きの若い看護師。明子は、少女時代のアルバムから借りてきたような笑顔を浮かべ「お忙しいところありがとうございます」とそつなく礼をいった。

　看護師が体温や血圧など測ったあと、医師が主な病歴を聴取し、それから患部を触診し、その手をしばしそこにとどめた。「前に痛風を患ったことは」「四年前、直腸癌で入院したとき、それらしいのにかかりました」「病院で、ですか?」「病院の先生は痛風じゃないかと。点滴の栄養補給でなることがあるよといわれました」「ふーん、ふーん」医師は新症例を教わったごとくであったが、病院医師の所見を鵜呑みにしたのでもなさそうだった。

「まあ、細菌がいたずらしている可能性もあるので、そのほうの薬も出しましょう。腎機能などの検査のため血液を採ります。結果はクリニックの方へご足労願います」

「はい、わかりました」

快活な、病院好きとも思える声で明子が返事した。

先生がたを送り寝室に戻ると、「ありがとう」と礼をいわれた。「よかったな」「うん。ねぇ友さん、あの先生、リチャード・ギアに似てると思わない」「そういう君は、カトリーヌ・ドヌーヴに似ているよ」

一週間後クリニックへ行くというので、中江は同道を申し出た。「来なくていいって」「先生に礼がいいたいんだ。今後のこともあるから」

足の痛みも腫れも治り、車で行くというので、中江は同乗することにした。所要時間五分とかからないから事故を起こすことはないだろう。そのとおりすんなりクリニックに着いたが待合室は満員、福本医師の診察室へ入るのに一時間以上かかった。「先生、ありがとうございます。足、よくなりました」「うんうん。それでね、検査の結果なんですが、いわゆる悪玉コレステロールの数値がかんばしくないのです」「はあ、そうなんですか」

医師は脂っこい食べ物などについて注意をうながし、これに関するパンフレットを患者に与えた。「これから気をつけます」明子が立ち上がろうとするのを中江は「ちょっと待って」と制し、「先生、一つ聞いてもいいですか」とたずねた。「何でもどうぞ」

いよいよチャンス到来だ。このためにわざわざ妻についてきたのだ。

「お酒はどうでしょう？　飲まないほうがいいですよね」

当然医師の見解も同じだと、中江は気楽に返事を待った。医師はリチャード・ギアが小石につまずいたような顔をして、質問者に向かいこういった。

「私も酒を飲むんでね、こればかりは発言権がないのです」

三か月後の今年の二月、またしても激痛のうったえ。このたびは背中と腰の境目あたり。中江は「救急車を呼ぼうか」を省略し、電話で海浜クリニックに往診をお願いした。これまで四度癌の摘出手術を受け、四年も経過観察を受けていない。この痛みは癌が転移したか新たに発症したかいずれかにちがいない。中江の頭は不安でいっぱいになり声が切迫していたのであろう。三時間後福本医師が往診に来てくれた。聴診、触診では痛む箇所に顕著な異状はみられないようで、すでに病院嫌いをご存じの先生は患者にやんわりと告げた。

「一度だけでいいのですが、痛みの原因を知るため病院に出向いてもらわなければなりません」

「先生、入院するのでしょうか」

「いいえ、そう時間はかかりません」

「はい、承知いたしました」

医師はすぐに系列の病院に連絡し一番近いところに検査期日を決め、提携の薬局に鎮痛剤を届けるよう手配してくれた。

検査の日、娘の菫が仕事を休んで運転手兼付添役としてきた。中江は自分の役目もわからぬまま助手席に乗り込み、明子は背中の痛みを和らげるため後部シートに横になった。その姿は事態の深刻さをうかがわせたが、病院への三十分娘としゃべりつづけであった。

検査は、始まるまでの待ち時間を入れても二時間とかからなかった。それでも退屈した中江は娘に話しかけた。「この病院にあの店、ないかな」「何の店?」「ホットケーキがうまかった店だよ」「残念でした。ここはあんな大病院じゃないもの」四年前明子が直腸癌の手術を受けているとき、院内のカフェへ娘を誘った。娘は初め病室で待機していると難色を示したが、「病院の外へ出るわけじゃない、ナースステーションにいっておこう」「そうだ、あの店のホットケーキおいしいんだ」と自分も乗り気になった。娘の話だとその店はニューヨークが発祥地だそうで、アメリカ由来にしては味がよかった。病室に戻ると間もなく、執刀の主治医が現れ「手術は成功しました」と高らかに告げた。「ありがとうございます」「どうです、見てみますか」「何をですか」「切り取った腫瘍ですよ」「あ、あのう……どんな色をしてるんですか」「うーん、あれは何色というのかな」「先生、その返事だけで十分です。ありがとうございました」そんなやりとりを思い出しているうちに、ここの検査が終わった。

翌日午前、検査の結果が福本医師から娘の方に知らされた。緊急時の連絡先として娘の携帯電話も教えてあり、医師は夫に話してショックを与えてはと慮ったようだ。背中の痛みは腰椎の圧迫骨折で軽症であるが癌が治療のほどこしようもなく悪いそうで、「先生、夕方往診に来てくれるそうだけど、本人に説明して差し支えないだろうかと心配しているの」「そうか、やっぱり癌か」中江は五秒ほど考えるふりをして「先生にすべて話すよう連絡しといて」といって電話を切った。

中江は間をおかず明子の寝室に行き、娘の話をそのまま伝えた。

「そう、背中痛いの癌からきてるんじゃないの」

「腰椎にひびが入ってるらしいよ」

「わたしの癌、死ぬまで痛まないでくれるかな」

「そうあってほしいな」

死がもう門口まで来ている。そう知らされたのも同然であるのに、平気な、やわらかな顔をしている。どこかの尼寺の仏像にしたいほどだ。十四年来癌を遍歴し、この四年経過観察もしていないから背中の激痛は癌の仕業にちがいない、と思って覚悟していたのだろう。この点は中江も同じで、検査の前日明子とこんなやりとりをした。

「ねぇ友さん、癌が転移していて治療が不可能だとすると、安楽死させてくれるかしら」

「君、安楽死を望んでいるのか」

「この世はそろそろやめにして、すずちゃんのところへ行きたいの」

すずとは夫婦の長女で、十七年前に亡くなった。すずも女房もクリスチャンだから、天国で再会できると考えていても不思議ではない。

「安楽死は日本じゃ認められないからオランダへ行かなくっちゃな。その条件は厳しいぞ」

「どんな」

「治療が困難で、死が切迫し、身体的苦痛が大きく、本人の意思が固いこと」

「アバウト、条件に当てはまると思うけど」

「しかし、もし背中の痛みがおさまったら、乾杯したくて安楽死どころではなくなるよ」

「ひどいひどい、こんなに背中が痛いのに」

さて往診に来た福本医師、死病をかかえた患者の顔を見て、意外と明るいのに安堵されたようだ。

「先生、背中、骨折してるんですか」

「そうです。ひびの程度ですが」

「どうしてそうなったんでしょう」

「それは私が聞きたいところです」

「あははは、わたしにもおぼえがありません」

「骨がもろくなっているのです」

「癌による痛みじゃないのですね」

「そうじゃありません」

その癌であるが、医師の説明を聞いた中江は、こいつめ跳梁をきわめていやがると胸糞が悪くなった。医学的所見は「乳癌末期、縦隔の食道周辺に転移性の軟部影が見られ、右胸壁局所再発、右腋窩リンパ節転移」。縦隔というのは、胸膜に挟まれた胸の中央部分をいい、ここが塞がって、ものがのみこめなくなるそうだ。「痛みはどうですか」明子がたずねると、「それが発症するかどうかは、画像によっても、自分の経験からも何ともいえません。確実にいえるのは、のみこみが出来なくなることで、その場合は切開して通りをよくする方法があります」と医師は説明した。

「先生、お願いがあります」

「何でしょう」

「私、手術も延命処置も受けたくありません。出来ることならこの家で安らかに死にたいのです。先生に最後まで面倒を見てもらって」

医師はうんうんとうなずきながら聞き、それからちらっと中江の方へ視線を向けた。いくらか困ったような、それでいて受容するような眼差し。中江はあわてて口を挟んだ。

「先生、この人は前から尊厳死を唱えていたのですが、このほど自己都合で安楽死志向にかわったのです。まったく勝手な話ですよね」

明子が付け加えた。

「先生、安楽死の件、聞かないことにしといてください」

医師はふわっと口元をほころばせ、しかしきっぱりとこういった。

「中江さんのご希望、承りました。苦痛を和らげるため出来るだけのことをいたします」

当面の医療対応が決められた。まずは往診を定期の訪問診療とすること、これをサポートする訪問看護、ケアマネージャーの推薦、薬を宅配する薬局の紹介など、すべて先生が手配してくれた。

それにしても中江明子、いつ終わりを迎えるのだろう。彼女の場合、病状が緩慢に進行してきたらしく、ターミナル体制を布いたからといってペースが早まるわけじゃない。実際、背中の痛みは一週間ほどで緩和し、明子は食材の買物と夕食の支度を再開、中江はその他の家事を能率よく、つまり適当に手抜きして行った。

それが五月半ば頃になって、買物も中江の担当になった。昼間も横になることが多く、頰の肉がそげたのを見て中江が申し出たもので、そのうち夕方の炊事も週に二度ぐらいしかやれなくなった。

しかしまだまだ、くたばってたまるか、の気概は残されていた。夫の昼寝している間に買物に出かけるのがそれで、自分の作りたい料理のための買い出しと、もう一つ、ウイスキーの「だるま」を買うためである。

中江の昼寝は三十分ほどで覚める。家の何となない気配から明子が出かけたのがわかり、台所の窓に立ち彼女の車が帰ってくるのを待つ。布袋に三つか四ついっぱいに買ってきて道路から家へ運び込むのであるが、石段を八つ上がらねばならない。また腰椎にひびをいらせてはこっちが大いに困る。

「何で出てくるの。自分でやれるって」

「あぶない、あぶない」

「でもタイミングよく出てこられるわね」

「窓に立ち、立ち続けるんだ。俺は岸壁の母」

「ご苦労さまです」

「しかし、この袋、重いなあ。何が入ってるんだ」

「いいから、いいから」

「何だろう、想像もつかないな」

「ただの石ころよ、石ころ」

明子は「だるま」ウイスキーを戸棚の中の米びつの横に置いており、中江は米を洗うとき毎回眼にしている。黒い瓶なので減り具合はわからないが、酒の強さからして毎日着実に減らしているはずだ。ただ、癌を患い養生せねばならない身でウイスキーを飲むのは気がひけるのか、ここ数年中江の前ではビールしか飲まない。

ひるがえって思うに、彼女のきょうだいは姉も弟二人もみんな酒飲みであり、ウイスキーを教えたのは中江自身である。それに彼女がここまで生きられたのは酒のおかげかもしれない。ウイスキーを飲んで何が悪い。

だが待てよ。中江は若いとき読んだ一冊の本を思い出す。トーマス・ア・ケンピスの『キリストにならいて』で、キリスト者は常日頃身を慎むべしと書かれてあった。わが妻は鎌倉のプロテスタント教会で洗礼を受けたキリスト者である。だのに、酒は大いに飲むし、よくイビキをかき、その音量は人後に落ちない。トーマス氏の顔、丸つぶれである。

六月に入って、のみこみがかなり苦しくなってきたようで、麺類もつるんと通らず、細かく少しずつといった具合。中江が賄いする時間も次第に増えた。といってもやれるのはほんのわずか、魚や肉は焼くだけ、野菜は生かおひたし、卵はスクランブルか目玉焼き。むろん自分の分も作るのだが、季節が夏なのはありがたかった。この時季、中江は枝豆とトマトと冷ややっこを毎日、あと一品何かあればよい。豆腐とトマトは明子も食べられるので、料理人の手が省ける。

中江の家は建築協定のある分譲地の中にあり、商売を禁じている。物を買うには坂道を十分ほど下ってコンビニまで行かねばならない。ここでよくサンドイッチを買い昼飯としていたが、明子はこれも喉を通らなくなった。レタスのシャキシャキしたところが喉にひっかかるのだそうだ。

進みがゆるやかとはいえ確実に悪くなっている。だのに、六月下旬またまた買物に出かけた。

今度は石ころではなくて、「南高梅」が二袋。中江は石段の下まで持ちにいって匂いでわかった。

「今年も梅干つける気？」

「そうよ、それがどうしたの」

明子は鼻翼をふくらませ、不敵とも見える笑顔を見せ、「赤紫蘇は三日後だそうよ」と、も一度出かける予告をした。いやはや、何というヴァイタリティか。いったいこの人はいつ死ぬんだろう。そういえばこのところも、足に魚の目が出来たり、背中の中ほどが化膿したりして、先生や看護師さんに処置してもらっていた。ろくに物が食べられなくなっても噴出するこのエネルギー。

それにしてもあの体で梅干作りは大変だろう。毎年これを続けているので中江もおおよそは知っている。まず梅の実のへたを一つ一つ取り、赤紫蘇を塩で揉んでアク出しをする手間、ほうろうの器に浸し、重しを乗せるのだが、それらを納屋から運ぶ体力はあるのか。容器に漬けた梅は梅雨明けを待って三日間天日干しをするが、庭のベンチ椅子に大ざる二個を置き、箸で一粒ずつならべ、夕方また容器にもどす。これを三回繰り返し、仕上げは甕に入れて台所の床下の、家族だけが知る奥の院に貯蔵する。

中江は一度、明子が夕支度しているとき、容器にもどす作業をやったことがある。数をかぞえながらやったら、一ざるに八十個ほどあり、二ざるやり通したらエラのへんが酸っぱくなった。「梅干、もどしておいたよ」てっきり相手がよろこぶと思ったら、料理の手をとめ首をおもむろに中江へ向けた。「ほんとにやったの」「そうだよ」「うーん、悪いけど、あれ、自分がやる仕事なの」

こんな調子だから、梅干作りをライフワークと心得ているのだ。

七月に入って食事はほとんど喉を通らなくなり、アイスクリーム、プリン、フルーツケーキなど、それも少々。そんな体でありながら一人で作業し、天候にも恵まれ、七月二十五日新梅干を奥の院におさめ、一事を成し遂げた。

首の下、喉の周りを海綿状のものが取り巻いている。そんな不快感をうったえることはあるけれど、苦しいとか辛いとかはいわない。

わが女房、我慢強いタチだったんだ。新大陸発見ほどの驚きとともに、彼女が平静でいられるのは、医療体制のおかげだと思った。今のところ、薬は整腸、便通のためのもの、化膿の処置などであるけれど、定期的な訪問診療、訪問看護がどれほど彼女を安らかにしているか。そこで交わされる何でもない会話、温かな眼差し、まろやかな笑顔。そういったものが明子を落ち着かせ、間近な死に対して平静さを与えている。どうかこのまま、望みどおりこの家で死ねますように。

八月一日、新たな事態が起こるまで、だいたいこんな具合であった。

2章

明子の日記

八月三日（水）

時々、いいえ度々、氷の小片を口に含む。それだけでホッとする。氷はすぐ解けて水になり別の容器へ。

友治が二時間おきに運んでくれる。夜もである。体が心配なので「零時から六時まではいい」といったら「俺、頻尿で自然に目が覚めるんや」と言った。彼が倒れたら何もかもおしまい。といって頑固な男だからな。

死支度をしなくては――おわりが近づくと死臭がただようそうなのでお香を焚きしめたい。私はお香の匂いが好きなのだ。いっぽう友治はあれを嗅ぐと喉がチクチクして喘息を起こしそうになる。人の通夜に行っても線香の来ない一番後ろに座る。ほんと、似た者でない夫婦だ。

午後、菫にあげる宝石の整理をする。この中で身につけたものがどれだけあるかと思い、申し訳なさでいっぱい。

八月四日（木）

昨夜は宵のうちうとうとしたが、夜中は頭が冴えて眠れず、古い写真を見たり、本を読んだり、考えごとをしたり。

考えごとは、この家のこまごましたことが多い。台所と居間の仕切り戸が風が吹くとすぐ開いてしまう、友治の部屋の硝子戸の結露がひどい、昨日から植木屋さんが入っているがスズメバチはだいじょうぶかしら。

私の寝室の網戸にもクマンバチが通れるほどの隙間が出来ていた。「最後の夏を自然の風で過ごしたい。なるべく冷房はかけたくない」と友治にいうと、「隙間にガムテープでもはるか」なんて言いながら、インターネットで業者をさがし、切迫した事情を話したらしい。業者はすぐ来てくれ安い値段で網を張り替えてくれた。

午後、看護師さんに死臭の件を話したら、ハーブはどうでしょうねとの提案。そうだ、菫がハーブを使って化粧水を作っていた。すぐにメールして死臭除けに出来ないかと打診。

鏡をのぞいてみる。目がくぼみ頬骨が出ばっている。初めて見る顔だ。アハハ。がい骨の始まり。

八月五日（金）

うとうと……。古い手紙の整理をする。すぐ疲れてしまう。

午後も、うとうと。目覚めると本を読む。本を読めるのはありがたい。聖書はもちろん、祈りの書も毎日読んでいる。

私、活字乞食と言われている。友治は目が弱く、医師から緑内障のおそれを知らされていて、この二十年人の小説は一篇も読んでいないそうだ。

私は小説もやたらと読む。二月ほど前、「あなたの近作読みたいな」と友治にいったら、ワードで打った第一章を持ってきた。軽妙で、流れるような文章のリズム。そのリズムに乗せられたのか、私の舌が勝手にすべった。

「どうしていきなり、おしっこが出てくるの。綺麗な文章を書く人が」

いったとたん、しまったと思った。友治は原稿をひったくるようにし、その顔はマッチ一本で大爆発しそうだった。しまった、しまった。私は時々とんでもないことを言ってしまう。

あの作品、完成しているはずだから続きを読みたい。結末はどうなるんだろう。それを想像していると、彼がこれまで書いた作品がごちゃ混ぜになり、そこへ自分の勝手な感情まで入り込み、あやしうこそものぐるおしけれ、になった。

友治の原稿

中江と明子はだいぶ前から寝室を別にしている。中江は一階、明子は二階、氷を作る冷蔵庫は台所にある。だから二時間ごとの氷運びを彼女が心配するのにも一理ある。

「心配いらないって。一晩に四度はトイレに起きるから」

「そうはいっても……」

「天は我に頻尿という賜物を授けられた」

「オー、ゴッド、ブレッス、ユー」

寝室を異にしたのにはそれなりの理由がある。思うにその源流は、中江の独身主義にあるようだ。学生時代中江はモンテルランという作家を愛読していた。この人は男のヒロイズムを賞揚し、女をコテンパンにやっつけること痛快なほどで、今生きていたら八つ裂きのうえ市中引き回しになったろう。この人に感化され、中江は結婚はしない、しても通い婚にかぎられると思いなした。

中江はまた、汗っかきである。この多汗質が、右の結婚観を後押しする働きをした。一晩中汗ばんだ体を隣の肉体にくっつけているのは、双方にとって不幸なことだ。

この理念、最近では別の理由によって確立することとなった。生活のサイクルのちがいがそれで、夜だけ眺めても、夕食は夫が六時、妻が九時以降、就寝は夫が九時以前、妻が零時以降、妻は就寝時に必ず本を読み一度寝たら朝まで目を覚まさないが夫は少なくて四度トイレに起きる。こんな二人、いっしょに寝ろといわれたら離婚沙汰になってしまう。

さて八月四日の日記に、がい骨の始まりとある。その始まり、であるが、正確には固い食事のとれなくなった六月初旬頃ではなかったか。細身のわりにふっくらした頬がこけてきて、がい骨の初めの顔はとても知的に見えた。

そうそう、顔の変貌といえば、二人がまだ未婚の頃明子のある姿から、百歳の老婆を連想したことがある。少し長くなるが、寄り道することにしよう。

——風まかせの二艘のヨット、みたいな二人が時々同じ港に帆を休めるようになった。つまり、体の健康な二人が、明子のいう愛の行為をなす間柄になったのである。

世界はこのことにより変革したであろうか。二人の、世渡りをするに実際的でない、一風変ちくりんな性格からして、エスカレート式に結婚へ向かうことはなかった。

この時期、中江は実際に小説を書き始め、明子はというと、文筆に携わる仕事を模索していた。その範囲はおそろしく広く、小説家から、その頃は絶滅した恋文の代筆業にまで及んでいた。

付き合って二年ちかくになっている。この間退屈をかこったり、別れ話を持ち出すこともなく、知らぬうちにといってもいいほど、時間が過ぎていった。

そんな二人であったが、夏には西伊豆の戸田へ、国民宿舎を予約して一泊した。「友さん、泳げるの」「犬かきと平泳ぎはね。ただし平泳ぎはせっかちな水澄ましのようになる」「クロール、教えてあげるわよ」「元ヨット部のおねえさん、よろしく頼むぜ」さて当日天候は薄曇り、すぐそこにでんとおわすはずの富士山が見えない。海はあくまでも凪いでいて、「まるでＹＭＣＡのプールみたいだ」「ねぇ友さん、クロールなぜ覚えなかったの」「それはだな、小学校三年のとき南禅寺のプールで水泳パンツがほころびたんだ。股のところが」「それがどうしたの」「一年生のときのをはかせられていたからね」「それがクロールとどう関連するの」「なぜだかよくわからないが、あのときそう定められた気がする」「変な人。いまさら泳ぎを習ってどうするの」「それを早くいってもらいたかった」二人はビッグサイズの浮輪を借り、尻を中に入れて海に浮かんだ。ゆらゆらと、ただゆらゆらと、電気を起こさぬ電気クラゲのように。どのぐらいの時間、そうしていたのか。中江はふと思った。今体感しているこのさまは自分たちのありようを象徴してはいないか。こんなことをしてていいのか。中江は電気クラゲに刺されたような痛烈な痛みを覚えた。

ほぼ同時に「わたし、上がるから」と宣言し明子は浮輪を中江に預け、クロールで泳ぎ去った。中江は浮輪を二つに重ね、下の方を両手でつかみ、蛙泳ぎで何とか陸へ行き着いた。

明子はたぶんインスピレーションを感受したのだろう。少し前から、広告文の作成を業とするコピーライターに的をしぼり自習していた。いろんな商品、サービスを対象とし、消費マインドをキャッチしようというわけで、中江に意見を聞くこともあった。たとえばニキビの薬。「一日一度これで洗顔、もう青春のシンボルなんていわせない」「一瓶塗って、そっと鏡を見よう」これら明子のコピーに対し、中江も一文提案した。「このクリームの不思議、君の頬はリンゴ園の少女」いやはや、物を売るのは何と難しいことか。

明子がやにわに陸へ急いだのは何かアイデアが浮かんだのだろう。中江は邪魔をするまいと海の家で一時間ほどひまつぶしをし、国民宿舎に戻った。八畳の畳部屋に座卓があり、その上に雑記帳が開かれ、明子は傍らにごろんと寝ていた。中江の眼は自然とノートの方へ引き寄せられた。

「砂漠を緑の草原にしよう。老いたる少年よ大志を抱け」

これは毛生え薬の広告にちがいない。「金も名誉も女もいらぬ。わたしゃ頭に毛がほしい」寄席で覚えた文句が頭に浮かび口から出そうになった。いかんいかん、明子は真剣なんだ、何時間か、いや何日も費やしてここにたどり着いたのだろう。

しかし待てよ、毛生え薬なんて不老不死の薬と同じ、この世に存在し得ないものだ。そんなものを想定して懸命に自習しているとは……中江は胸がチクッと痛むのを覚え、もう一度コピーを見た。ここに「少年よ」のクラーク演説を引用しているのはこういうことではないか。この言葉に少年は大志を抱き、薔薇色の未来を夢見る。そしてその結果はたいてい空振りに終わる。そうか、明子はそのことまで念頭に入れ、「希望をもってこの薬を使いなさい。でも毛が生えるのはごくまれなことなのです」とほのめかしているのだ。

何という行き届いた心遣い。明子渾身の一作ではないか。だがしかし、結局これは空砲を射つだけの不毛の作業でしかないわけだ。

明子に眼を移すと、体をくの字に曲げ、腕で顔を隠すようにしている。息はすーとも聞こえず眠っているかどうかもわからない。茶をおびた髪が湿った海草のように頭蓋を蔽い、年齢不詳の女に見せている。

ああこのひと、このまま老化してゆくのではなかろうか。暗然と佇む中江の瞼に、よぼよぼの老婆の姿が浮かび上がり、猛烈な焦慮に襲われた。

そんなことがあってから一月半、フライヤーズは今年もビリか五位かどちらか、野球をやめて四谷の喫茶店で落ち合うことにした。新宿・末広亭にでも行こうかと、電話で「志ん朝か談志は出ますか」と問い合わせたら、どちらも出ないそうだ。さてどうするか。

この日は雷雨が予報されていて、四ツ谷駅を降りるとざーっと降りだし、見附の小路にある喫茶店へ駈け込んだ。明子はいつも時間ぎりぎりか十分ぐらい遅れてくる。

今日はこの雨だから十分遅れじゃすみそうにないな。この店はクラシック音楽を流しているが、断続的に雷鳴が耳を打ち、そのたびにレコード針が飛んだのかと錯覚する。

約束の四時が過ぎ明子はまだ現れず、中江は腕組みをして待つばかり。眼の先の壁にルノアールの「草を持つ少女」のレプリカがかけてあり、中江はあれっとこの絵に見入った。あの少女、何という名前かな。まさか、ロリータじゃあるまいな。ぱっちりとした黒目、ブロンドの髪を胸まで垂らし、頬はふっくらした桃色。あの少女、玉水明子にどこか似ていはしないか、眼と髪と頬の少女っぽさなんか。

　明子の常習的遅刻時間の十分が過ぎた。窓の外に眼をやると、雨脚速く夕闇のような暗さ、店内も夜行列車ほどの明るさだ。中江は依然少女の絵と向き合っているが、可憐でセクシーな少女の顔はぼやけ、人物像かどうかも定かではなくなった。

　と、そのときバリバリ、バリバリという破裂音とともに、視野の隅を銀色の閃光が走った。そして、そのフラッシュが消えると、何とレプリカのところに明子のあの像が、腕で顔を覆い、年齢を隠したような国民宿舎のあの姿が浮かんだ。もしかして明子、駅を出たところで雷に打たれたのではあるまいか。全身感電し、褐色のしわしわの、百歳の老婆みたいになってしまったのではないか……。

　まさかまさか。そんなことはあるまい。

　しかし、さいわい無事であったなら、何とかしなきゃな、今のままをずるずる続けていてはいかんな。

　ドドン、バリバリ。さっきよりもすごい一撃。店内へ、めくるめくほどの光の矢、深い森のような闇。

　あとになって考えると、この一撃によって中江の腹は固まったようだ。雷神様にゆるゆるした腹をどやされたのである。

「ごめんなさい。駅で雨宿りしてたの」

「ああ、君か、生きていたのか」

雷に当たらなかった女が目の前に立っていた。何と髪型はセシール・カット、その色は純粋の黒。いくつも齢が若くなったような明子を見て、もう一度初めから付き合いたいな、と思いながらも中江の決心はかわらなかった。

中江は翌日から司法試験の勉強を始め、一月後それを明子に報告すると、「わたしも身を固めなくっちゃ」といった。「身を固めるって?」「就職口をさがすわ。髪の色もおとなしくしたことだし」

その一月後、父親の秘書の一人が郷里の県議に出るため辞職した。彼は文書に関わる仕事を担当していたので、明子に打診したところ「お父さんにお願いしてみて」と返事した。

父親にはまだ司法の「し」の字も話していなくて、話したら大変よろこんだ。風来坊のような息子のことを内心苦々しく思っていたのだろう。よろこんだついでに「こういう有能な女性がいるけど採用してみたら」と持ちかけた。「どんな人だ」「俺と同い年。わりと美人だよ」「お前とはどんな知り合いか」「そんなこと、聞くもんじゃないよ」おやじは当選何回かの保守党議員らしく、ワハハと豪快に笑った。

明子は採用されて議員会館に通い、定期通信の編集など文書作りに携わるようになった。

この後、中江は二度目に司法試験に合格、二人は結婚し長女の誕生を機に明子は専業主婦になった。ただ、文筆をなりわいとしたい願望は胸奥に伏在しているらしく時々ひょこっと顔を出す。
八月五日の日記の後半、中江の新作小説に対し余計な発言をし、申し訳ないといいながら、あやしうこそものぐるおしいなどと書いている。彼女の頭、こんな具合にあちこち駆けめぐったのではないか。

――「どうして冒頭におしっこがでてくるの。綺麗な文章を書く人が」といってしまった。いったとたん、しまったと思ったが彼の噴火寸前の顔を見て、続きを見せてくれといえなくなった。この小説は七十歳の独居老人のひひじじいぶりを書かんとしているようだ。じいさんは頻尿である。登場してすぐエレベーターに閉じ込められ、同乗者のビニール袋をもらっておしっこをする。いきなりこんな場面イヤだなあと思っていたのでつい口に出てしまった。

考えてみると、おしっこするところを美しくなど書けっこない。三島由紀夫に書かせたって「七色の虹がたちまちモノクロームに変貌し、点綴(てんてつ)されて落下していった」なんて書くかどうか。その点、友治はなかなか工夫している。しっこの音を消すため主人公に「汽車汽車シュッポ」を歌わせ、ユーモアをもってさっと流している。このユーモアをほめればよかったのにそれが出来ない。私、文学少女のなれのはて、文筆家になりたかったのにかなわなかった。頭の隅でしゃくにさわっているのかもしれない。

ところであのひひじじい物語、どう展開するのだろう。本筋は、エレベーターに閉じ込められた同世代の四人が大金を稼ごうと悪だくみする話らしいが、サイドストーリーに変てこな女を登場させるにきまっている。年齢不詳の、思わせぶりな会話をする、Y字形の肉体を持った女。この女をじいさんは自分のあばら家へ（小説では「草庵」と呼んで気取っている）連れ込もうと悪知恵を弄するであろう。作者は、じいさんのもくろみをしくじらせ、老いの悲しみを際立たせる算段なのだ。そしてその失敗を悲喜劇化するため、女が落城寸前まで行くくだりを、リアルに描くのだろう（ああ、こんな想像をするうちに、何だか腹立たしくなってきた）。

彼が書く小説は、人妻が出てきても、もう死んでいるか離婚しているかである。いつだか友達に彼の小説を読ませたら、「あなたのこと、ぜんぜん出てこないじゃないの」とわがことのように憤慨した。彼にこの話をしたら、「愛妻物語書くぐらいなら、ぬるま湯に入って屁こいて死んだほうがましや」とおっしゃられた。

おっとそうそう、一つ、現役の妻が出てくるのがあった。この女性は大実業家の娘で、夫は与党の副幹事長。朝、夫を恭々しく送り出す日課を済ませると、そこらにいない。花を経巡る蝶のように動きが軽く、その花は路傍のタンポポから地中海の薔薇にも及ぶ。住む家は彼女が相続した豪邸、先代が猫嫌いだったので垣根の内側に金網がめぐらせてあり、野良猫が入って来られない。これが夫のしゃくのタネだったが、或る日早く帰宅すると、猫のかわりに若い女が来た。妻専属デザイナーの弟子で、洋服を届けに来たのだ。二人は初対面。男はちょうどドミンゴをかけていて、「あれっマエストロ、また音程をはずしたな」と突飛なことをいい、会話のきっかけを作る。結論をいえばこの男女、やがてわりない仲になるのだが、問題はこの初対面の場面。妻が留守なのは毎度のことで不自然ではない。与党の副幹事長が週日の昼間帰宅するのも、大目に見よう。けれど、留守をあずかるお手伝いまで外出しているのはどうも腑に落ちない。この場面、知らぬ同士の男女が無人島にたどり着いたようで、リアリティがない。

私はそう感じたが、たまたまこのときは口をつぐむことが出来た。

作者はこの女性に「直子」というつつましそうな名前をつけている。実際、謙虚で地味な女に見えるよう人物描写がしてあり、加えてとてもウイットがある。作者は、実生活においてもこういう女が好きなのだ。私は、地味な性格じゃないし、欲張りだし、そのうえ夫が書く女ほどの機知もない。

どうもお気の毒でございました——。

3　章

明子の日記

八月六日（土）

痛みも、ひどい苦しみもなく、ありがたい。これ、とても不思議である。

時々足がつって痛む。でも、すぐ止むからだいじょうぶ。これは水分が無くなってきたからか。ラグビー選手が足がつって、ヤカンから水をラッパ飲みするのを思い出した。

水分が無くなり、お小水が出なくなると、おむつの心配はなくなる。でも足のつるのは困る。人間って勝手なもんだな。

訪問看護の組織は「双葉会」と言い、どの人も優しい。亡くなったときの身体の処理とか、きょうかたびら（クリスチャンはこうは言わないか）について相談したら、親切にアドバイスしてくれた。

菫が来たので、若い頃のアルバムを階下から何冊も運んでもらい、二人で見た。

結婚式や新婚旅行のハワイの写真は幸せそのものだったなァ。

すずちゃんの写真がことごとくはがされてるのが痛ましい。残っているのは友治の出版記念パーティの一枚だけ（彼女が中二の冬）。

けれど、私の心の中には小さい頃からの一コマ一コマが焼き付いている。

菫もすごく可愛かった。丸ぽちゃ、コロン、だったのね。

八月七日（日）

癌を患ってから、教会へ足が遠のいてしまった。ユーチューブでライブ配信されるようになってからは欠かさず聞き、大声で賛美歌を歌う。今日は最期の礼拝と思い定め、スマホに耳をくっつけるようにしていたら、音が途切れて説教が聞けなかった。

それですずちゃんの葬儀のときのテープを聞く。胸が痛む。涙が溢れる。友治の挨拶がかなしみを絶叫し、礼拝堂に響きわたる。

すずちゃん、ごめんね。天の国であなたに会って抱きしめたい。

カナカナカナとヒグラシが啼く。澄みきって美しく、余韻が胸に沁みてかなしい。最期のときを迎えてから、これまで気にかからなかった自然のあれこれをすごく身近に感じる。

寝室の窓の向こう、庭のカイヅカの外に街燈がある。角燈みたいな形の上にトンビが一羽止まった。大きいなあ。思ったより羽毛がふさふさしている。ピーヒョロロ。

八月八日（月）

「今日は朝やけだ」六時に氷を運んできた友治に言われ、よろよろと立って窓の外を見る。クスの木立の向こう、水色にうす桃色を溶かしたような空がひろがっている。髪をお下げにした少女が描く水彩画のようだ。

私は見ていて、胸をつかれた。この空とはちがう、秋の夕空がふいに目に浮かび、もうあの空は見られまいと思ったからだ。

熟柿色の、刻々紅さを増してゆく空。そこに佇み、錆色を深めゆく富士。菫の使っていた部屋からその光景を見て、「ああ神さま」とお呼びし、「すずちゃん、そこにいるよね」と話しかけた。

でも今朝の淡いピンクの空にも、神さまや悔い改めた信仰者（もちろんすずちゃんも）いるはずだと思った。私は両手を祈りの形にした。

双葉会からは小林看護師が専属的に来てくれている。最後まで見させていただきますと力強くいわれ、私は安堵する。

神さま、もうすぐですよね。

友治の原稿

八日の夜、菫が仕事の帰りに寄り、明子が頼んでいた物を持ってきた。純白の、シルク風の光沢のあるドレス、つまり死装束である。明子はとても喜び、「これでいつ死んでもだいじょうぶ、ありがとう」と娘に礼をいった。

中江は妻がこれに身をつつむ姿を想像して何だか妙な気がした。今や彼女は本人が自認するように骸骨化しつつあり、終局これをまとうとどうなるのか。想像してもピンと来ない。湯殿山の即身仏の、世俗の眼には痩せこけて哀れに見える姿がちらっと脳裡を掠めた。明子はキリスト者だからああはなるまい。といって、ラファエロの聖母像になるわけがない。

まあ最後まで綺麗でありたいと願うのは当たり前だ。自分は棺の中を彼女の好きな黄色い薔薇で一杯にしてやろう。

日記にほのめかされているが、早くお迎えに来てくださいと祈っているようだ。喉が閉塞していることの、心身の苦しみは、口に出さないだけであろう。

中江も、この状況に至っては早く逝かせてやりたいと思う。傍らに居る者にとってもそのほうがありがたいことではある。

ところがこのところ、心持ちに微妙な変化を感じるようになり、明子の死期はあまり気にしなくなった。目前の事柄をこなすのに精一杯のせいもある。実際問題、家事だけでも八十二の老人にはかなりしんどくて、とくに買物は逗子駅の方まで行かねばならず、バス停まで徒歩十分、往きは坂道の下りだからよいが帰りは上り一方。バスの乗車時間はふだんは十分ほどだが夏は道路が混み三、四十分かかることがある。夕食に欠かせないのが枝豆とトマトと豆腐、これらは新鮮さが命だから二日か三日に一度は出かけることになる。

むろんメインは二時間おきの氷運びであるが、野良猫が必ず毎日やってきてミルクを所望する。これも明子が始めたことであり、「今日は来た」と必ず聞かれるので手抜きは出来ない。

あれやこれや、下手な鉄砲撃ちのように動き回り、休みがてら二階へ行って、口ばかり元気な病人とジョークを交わし合う。これ、考えてみると、戦場のロマンではあるまいか。「武器よさらば」の篤志看護婦と負傷兵の、女と男が逆になっただけの、そして片方の死で幕を閉じるところのロマン。

中江は自分のこの発見に飛びつき、よしこれでいこうと俄然元気になった。

ともあれ死ぬときはいつか来る。その時期を、医師にかわってスマホが教えてくれるようで、八月二日福本医師の往診のあと、明子と菫の間でこんな会話が交わされた。

「水を一滴も飲めなくなってからどれぐらい生きるのか、スマホで調べたわ」と明子。

「どれぐらいだった」と菫。

「だいたい、長くて三週間だって。若い人ほど早いそうよ」

「わたしもスマホで調べたの。やっぱり同じ答えが出てきた」

「おお、どうか三週間、おむつをする身にさせないでください」

「心配ないのじゃない。お水飲めないのだからおしっこも出なくなるでしょ。ねぇお父さん」

「うーん」中江はひと唸りしてから答えた。「人間の身体は鉄管じゃないからそうはいかないだろう。筋肉にも内臓にも骨にも水分があるからね」

「いやだあ。ねぇ友さん、お母さんはおむつしたの？」

「したよ。初めいやがってヘルパーさんの手をぴしゃりとやっていた」

「そう、そうだったの。あのとき、いっしょに行かなくてごめんね」

「いいから、いいから」

　これ、夫が母親の看取りに一年間京都へ帰ったことをいっているのだ。十三年前のことで、母は九十四歳、その前年明子が乳房の摘出手術を受け、体力がだいぶ弱っていたので来させなかったのだ。

　ついでに記すと、この時期、弁護士をやめて本格的に小説を書こうと準備していた時期と重なっている（弁護士をなぜやめたか、それを述べると余計な寄り道をすることになるのでここでは触れない）。

　中江には二歳上の姉がおり、自分が母の面倒を看ると決めていたところ、前々年に病死した。弁護士をやめようとの決断は、このような家族事情もいくらか関わっている。

　中江はこれまで八編の長編小説を世に出した。どれをとっても私小説は無く、家族を脇役のモデルにすることもなかった。なかでも絶対に書きたくはなく、永遠に記憶の奥に留めておきたかったのが長女のすずである。

　けれど八月六日の日記に、すずの写真がことごとくアルバムからはがされていると記されている。明子の心中を思うに、すずに対しては真率そのもの、純白の手で抱きしめたがっている。もはや事実を秘匿して何になろう。

――事実は、家のアルバムからすずの写真をはがしたのは彼女自身なのだ。

三十四歳の春、大量の向精神薬をのんで命を絶ったすず。その生涯を文章にしようとすると、たちまち憐憫と慚愧の念に胸がふたがってしまう。

ただ、中江は一度だけ、彼女の教会葬儀の際会葬者に配る「故人略歴」を作成したことがあり、それをここで引用する。

故中江すずは、一九七〇年五月二九日、聖路加病院において、中江友治・明子の長女として生まれた。三年後に、妹菫が生まれ、両親と姉妹二人の四人家族となった。

大田区の公立小学校を卒業し、渋谷区にある私立の女子中学校に進学したが、そこでひどいいじめにあい、心身ともに疲れ果ててしまい、中学三年の一学期から登校できなくなった。

幼いときから何をしても器用にできず、内気で人と付き合うことが下手であったが、いじめの事実を明かすとさらにいじめがひどくなるのを怖れ、親にも隠し通そうとし、自分独りの胸で耐えようとしたようだ。

いじめによるトラウマは、愉しかったはずの幼い日々にさかのぼって自己否定する方向に駆り立て、アルバム帳の写真は本人の手で破り捨てられた。葬儀のための写真は、わずかに残ったものの一つ、中学二年の冬、父の出版記念パーティで撮影したものである。

その後すぐに登校できなくなり、家に閉じこもったきりで、外出はおろか病院へもほとんど行けなくなった。一九八七年、一七歳のときに逗子の現在地に引っ越したが、環境が変わっても事態は変わらず、庭へ出ることすらできない状態が続いた。多少の波はあるものの、強度の不安、緊張、恐怖心が毎日繰り返し襲いかかり、山ほどの薬をのんで、ひたすら耐える日々であった。

そのような苦しみの中で、聖書を読むようになり、この十年間は一日のうちで本を読めるような状態のときは、その時間のすべてを信仰に関わる読書に費やし、母と語り合った。信仰への思いとあまりに厳しい現実との間に挟まれて、大きな葛藤を抱えながら、聖書を読み続けたのである。

二〇〇四年一月ついに洗礼を受けようとの心が定まり、二月一九日自宅において当教会の牧師により病床洗礼が授けられた。この日の晴れがましい喜びと輝きは大切に心に刻まれ、死に至るまでの一年余、何度も繰り返しこの日の感激を口にしていた。

クラシック音楽をはじめとして、ジャンルにこだわらず音楽を聴くことが好きだったが、好ましく思う旋律もある瞬間から不安の対象となるため、実際に聴くことが出来る時間は限られていた。また猫が大好きで、伝道者パウロにちなんで「パオ」と名づけた雄猫のふつくらした温かみにひと時の安らぎを与えられた。不安におびえて祈っているとき、極度の緊張に体を硬くしていると、パオはいつも傍らに来て、いつまでも寄り添っていた。

病床洗礼から一年一か月になる三月一八日、大量の薬を服用して意識を失い、病院に運ばれたが、そのまま帰らぬ人となった。

まだ三十四歳でした。

中江は今でも、すずのために何もしなかったような気がしてならない。自分がやったことといえば、登校を無理強いしなかったこと、何人かの専門医に診せたこと、そして環境が変わればと都内から逗子へと引っ越したことだけだ。林の中の家からは富士山も江ノ島も相模湾も見えるけれど、何の役にも立たなかった。住まいを変えるなんて半端なやり方でなく、根本的な生活の転換が必要だったのではないか。自分も家に居て家族ぐるみで彼女を支え、その場所で生計を立てるということ。都会の喧騒から遠く離れた島か山里、そんな所で土を耕し、果樹を植え、蜜蜂を育てるといった暮らし。やがてすずも徐々に回復し、未来に望みを持ち、仕事を手につけることも出来るのではないか。

中江は眠れぬ夜々、いつも右の結論に達し、よーし今週中に妻と相談しようと心に決める。だが結局は口に出せなかった。現実生活との大きな隔たりを飛び越す勇気がなかったのだ。

よく笑う子であった。ふっくらした白桃のような頰にさす、うすくれないの色。中江の記憶のアルバムには無数の写真が笑っている。

日のうららと照る揺り籠の中、すずの見ている夢がこちらにも伝わってくるような、ほのかな頬笑み。

六歳の夏、能登の千里浜でアサリとりをし、バケツをいっぱいにしたときの、弾けるような笑顔。

中江が父の選挙応援で一月留守にし、玄関を開けたときの、顔じゅうが含羞になった、あのお出迎え。

私立女子中合格の知らせを受けたとき、ほっとした顔がなおもゆるみ、泣きそうになって母の胸に押し当てられたその顔。

そんな懐かしい場面がいくつも浮かぶのに、たった一つの情景がそれらを闇の中に葬ってしまう。

あれはすずが中学二年の秋だった。中江が家で仕事をし気分転換に散歩に出たとき、下校途中のすずと出くわすことになった。真直ぐ見通しのよい坂道。すずは右手に鞄を持ち、体をやや右に傾け坂を上がってくる。たいして重くもなさそうな鞄に難儀しているのか歩調がのろい。近づくにつれ、足取りはいっそう弱々しく、すずの全身がアスファルトの地面に消えてしまうのでは、と思えるほどであった。

顔を伏せて歩く娘にいつ声をかけようかと構えていたのだが、それが強くためらわれ、父娘は無言ですれちがった。そのとき中江はまじまじとすずの横顔を見た。長めのおかっぱ髪に半ば隠されているが、顔色は蒼白、円らな頬が石のように硬直し、およそ表情というものがなかった。まるで蠟細工と化したような娘のあの姿……。

あのとき、せめてあのとき、娘が学校でどんなにひどい目にあっているか、気づくべきだったのだ。

三年生の春、登校できなくなって初めて両親は事態の深刻さに気づかされた。中江の懇意な友人に公立病院の女医を紹介してもらい受診することになったが、当初は本人は行けず両親だけが面接した。医師は家でゆっくりさせるよう助言し、精神安定剤を処方した。このやり方は基本的にずっと変わらず、ただ処方される薬はしだいに強くなった。

すずがこうなるまで明子は主婦業のほか、料理、活花、テニス遊びと屈託ない活動ぶりで、その笑顔が時として南国の薔薇に見えることもあった。

それが心を病む娘を抱え、一変した。生来の明るさは失せないものの、外へは買物に行くだけ、娘と向き合い心を痛める苦闘の日々がずっとずっと。

活字といえば何でも読んでしまう濫読家の明子が聖書に時間を割き、鎌倉のプロテスタント教会の主日礼拝に通うようになった。

そして、娘が病んで六年たった一九九一年、クリスマス礼拝において洗礼を授けられた。明子はこのときの感謝と感動を、教会の伝道開始七五年記念誌に寄稿しているので、これを以下に引用する。

毎朝、父は神棚の前で柏手を打ち、母は御仏壇に灯明をともし、お経をあげる。そんな家庭に育ち、私はといえば、大学だけはキリスト教主義の学校ではありましたが、キリスト教とはほとんど無縁のまま、短くはない、これまでの人生を歩んで参りました。

今教会の群の一人として、ここにいる不思議を思います。忘れもしません、意を決して初めて教会を訪れたその日、礼拝堂に一歩足を踏み入れたその瞬間から、涙が止めどなく溢れ、讃美歌の美しい調べも、牧師の説教もほとんど耳に入らぬままに、ただただ大きな御手の中にすっぽりと包みこまれたような、得も言われぬ感動と深い安らぎを与えられましたことを。そこには、かつて経験したことのない新鮮で不思議な世界がありました。礼拝堂の中に、大勢の会衆の祈りの中に、確かに神がおられる。「疲れた者、重荷を負うものは、だれでもわたしのもとに来なさい。休ませてあげよう（マタイ一一・二八）とおっしゃる神の真実を体験したのです。

その日を境に砂漠でオアシスを求める旅人のように求道の日々を送り、主日礼拝は、私の最大の喜びとなりました。一年後に受洗を許され、神の御言葉と祈りの中に自分の居場所を得ることが出来、長い苦しい日々にやっと区切りをつけることが出来るようになりました。何故もっと早く主が私を捕えてくださらなかったのかと残念に思う反面、傲慢で罪深い私を自ら悔いるまで、じっと辛抱強く待っていてくださった神の忍耐を知り、これもまた感謝でございます。

キリスト者としての歩みはこれからですが、真実な方に身を委ねつつ、何事にも感謝の気持ちをもって生活を整えて行きたいと思っております。

4章

明子の日記

八月九日（火）

朝焼けが美しい。今日は水色より赤がまさって、その色に深みがある。季節が変わろうとしているのか。私はヨットなどやり夏の子だったので、夏から秋へはひとしおさびしい。いわんや今は……。

一度のパスもせず友治が二時間おきに氷を運んでくる。睡眠不足で彼のほうが倒れてしまうのではないか。彼、帯状ほうしんの後遺症である神経痛、気管支喘息、ギックリ腰などの持ち主なのだ。ただ、ギックリ腰は、はしご酒をしなくなって、鳴りをひそめている。

友治は昼間ここへ来ると、しばらく滞在してゆく。窓際の堅い木の椅子に座り、私の方に向き、たいていは無想の表情。だのに私は、このひと何を考えてるのだろうと思ってしまう。

今日はよくしゃべった。私が、このところ頭が冴えてきたの、と幼い頃の思い出を話すと、彼もお父さんの出征の話などした。これ、軍事機密かもしれないので、ここには書かない。

今日は女医さんが往診し、「このまま癌の痛みはなく自然に逝くでしょう」と所見を述べられた。肝っ玉の太そうな先生だ。私は大よろこび。

八月十日（水）

カラスの声が騒がしく、高杉晋作の「三千世界の鴉を殺し、主と朝寝がしてみたい」を思い出した。ぬしとは祇園の芸妓さんだろうか、と考えていたら、一度だけ祇園のお茶屋に上がったのを思い出した。友治の友人が私どもを連れてってくれたのだ。まだ結婚して間もなくの頃で、私、夫の実家において酒を口にしなかった。それで喉が渇ききっていて、薄い水割りがすいすい喉を通った。芸妓さんも舞妓さんも美しく、与謝野晶子の「清水へ祇園を過ぎる」の歌など口ずさむほどの酔いっぷり。翌朝はひどい二日酔い。青い顔して食事も食べられず、お母さんの顔をよう見られなかった。

今は薄い水割りもお断り。冷房をかけているのに体じゅう熱く、おでこと足の甲に冷えピタ、首には冷やしタオルを巻いている。冷えピタは菫が買ってきたもので、「残りはあるの」と友治に聞いたら、こう答えた。「馬に食わせたいほど買ってきたよ」「棺に入れるときは、冷えピタも冷やしタオルもみんな取ってよ」「それ、菫に頼まないほうがいいな。あの子、何か一つ忘れ物をするからな」「そう、菫ちゃんは忘れ物の名人」

八月十一日（木）

今朝の空はまた淡いピンク。季節が逆戻りしたのだろうか。するとわが命は？

水のシャワーを浴びるとすごく気持ちいい。ちょうどそこへ菫が来て頭を乾かしてくれる。

菫は三浦半島の先、油壺にある海洋研究所に勤めていて、住居が横須賀だから、こちらに来るのは倍ほど時間がかかる。家族があり、体も弱いから、そんなに来なくていいといっても、やって来る。私の言葉を忘れたのだろうか。これも、忘れ物の一つ？

今日の午後、友治が滞在しているとき、ウグイスが啼いた。ホケキョのあとにジャズの即興のような巧みな旋律。友治にいわせると、別れの挨拶をしに来たそうで、このあと二人で言葉遊びをした。楽しかった。

「ねぇ、ウグイスは詠んでないけど、一句作ったの。季語が重なっちゃってるの」

「三つ重なった俳句を知ってるよ。ひな祭り　鯉のぼり上げ　甘茶飲む」

「ねぇ、聞いて」

「はい、どうぞ」

「カナカナの　声青みゆく　夏のレクィエム」

「うーむ、うーむ。そのレクィエム、無伴奏のチェロで聞きたいな」

「友さんも、何か詠んでよ」

「あれあれ、もう出来た。自身、これほどの駄作は見たことがない」

「聞きたい、聞きたい」

「旅ウグイス　さらばダチよと　去って行く」

友治の原稿

寝室に来て夫がじっと座っている顔を、明子は「無想」と書いている。たしかに、中江は無重力空間に浮いているような、自分は何者でもない、無に近い存在だと感じたりする。

そもそも明子とは、死との関わりにおいて、精神のたたずまいがちがう。彼女において死はすでに準備されている。人間だれでも感じる死への不安や恐怖をしずめるだけのタフな内面が形づくられている。彼女にとって死はスプリングボードであり、ジャンプした先には天国がある。信仰と希望、そしてそれがもたらす心の平安。

このところの明子を見ていると、そんなものを強く感じる。

自分は死ぬのが怖い。死の先に何があるのかわからない。だからなるべく死を考えぬよう頭を空にしておこうと、顔の筋肉をだらんとゆるめている。

いったい自分はここで何をしているのか。向き合っているのは自分に関わりある人なのか。他人が見たらどう見えるだろうなどと考え始め、夫婦以外の組み合わせを想定するうち、これ一種の職業病なのか、想像の穂先があらぬ方向へ向かってゆく。

俺たち、画家とモデルに見えないだろうか。むろん自分が画家で、明子がモデル。画家の前にイーゼルがないのはまだ構想中だからだ。モデルはムンクの絵の人物より頬がこけ、リアルに描くと暗くなるからまずい。そうだ、この骸骨もどきの顔はお面ということにしよう。一見おっかないけど夜叉ではなく、内面は優しい。着ているのはネグリジェというのか、白っぽく、下までずどんと筒のようで、くびれがない。たぶん衣の下も、もうくびれがなく花の咲かない枯木と化しているのだろう。だから断じて裸体は描いちゃいけない。さて問題はお面をとった顔を、同じキャンバスにのっけるかだ。少女時代の顔（これは写真を見せてくれたことがあり、白桃のような頬がすずと瓜二つ）、知り合った頃の顔（頬のふくらみは少女時代とかわらない。ただ、あごへとつづく曲線に大人の陰翳がある）のどちらも描きたいものだ。だがそうすると、枯木に花を咲かせなきゃならず、これをヌードで表現したい。

　ここで画家ははたと困惑する。瞼に浮かべようとしても、モジリアニの裸婦の何十年か後が現れるばかり。

　われわれ、どちらも社会学者に見えないだろうか。明子はこのところ眼鏡をかけていることが多い。ベッドでぼんやりしてるときもかけていて、フレームが角ばっているせいか、或るとき光線の加減でアーサー・ミラーに似て見えた。マリリン・モンローと結婚した、あのしあわせもんの劇作家である。彼はバリバリの革新派であった。明子も若いとき社会党支持者であった。参議院全国区に誰に投票したかと聞いたら、社会党公認の女性学者の名を挙げたから間違いない。中江はこのとき元自衛隊の飛行機乗りに投票したから保守派である。われわれはその後、政治マターについて議論したことがなく、お互いどんなイデオロギーを持つのか不明であるが、口論に至るとどちらも舌鋒鋭い。

二人が社会学者で、議論する場面を想定するとして、互いの主張が対立するテーマは何だろう。これが、いくら考えても思いつかない。かえって、どんな問題も大筋において一致しているからだ。

夫婦別姓について。中江は、両方の苗氏を併記すること、どちらを先にするかはジャンケンで決める、というのが持論。明子は、姓なんてどちらでもいいわよ、別姓にしたところで浮気する人はするからね、と夫の顔をじろりと見る。

ロシアのウクライナ侵攻について。社会党シンパであった明子はロシアを支持するかと思いきやウクライナについた。中江は娘にウクライナ大使館への献金口座を調べさせ、明子に「君もいくらか出したら」と誘ったところ、自分は教会を通してやりますと言い張り、現金をよこさない。

中江はその強情さを思い出し、笑ってしまった。

「何よ、ニヤニヤなんかして」敵はちゃんと見ていたのだ。

「いや、ちょっと」と中江は口から出まかせ、「むかしのことを思い出してたんだ」とごまかした。

「わたしもよく思い出すわ。話したっけ、小学校は市川だったの」

「うーん、聞いた気もするが」

「校庭の周り、桜堤がとっても綺麗だった、わたしすごく活発な子で、木登りしたら男の子より高く上がれたの」

「桜の木に登ったのか」

「ううん、サルスベリの木よ、ほんとよ」

明子はくるくるとでんぐり返しをするように、話を幼い方へ逆行させた。茨城の母の実家に行ったら祖母がお風呂上りに胸をはだけて団扇でパタパタ仰いだ。「ごくらくだー、ごくらくだー」明子は音声入りでこれを演じた。そのうち、父が出征した。九州方面に行ったらしいが、ちっとも便りをよこさない。母はぷんぷん怒っていた。その頃深川に住んでいたが、空襲が激しくなり父の郷里の長野へ家族で疎開した。湯田中の農家に間借りして、その家の人はいい人だったけど、お百姓が欲張りになって、食料調達に母は苦労したらしい。或るときお芋を手に入れるため母と一緒に出かけた。わたしもリュックを背負い田舎のでこぼこ道を、てくてくてくてくてくと（ここで明子はてくてくを、実況するほどの熱心さでくりかえした）歩き続けた。「この子、何て我慢強い子なんだろうと思ったそうよ。ほんとよ」

「そういえば、君のてくてく、俺にも憶えがある。丹沢縦走のときの、あのてくてく」

縦走とは大げさ過ぎる、実際はヤビツ峠から大山阿夫利神社の奥の院まで歩いただけ。買物以外ほとんど外出しない明子に持ちかけたら大乗り気になり、リュックとキャラバンシューズを買ってきた。「それ、フランス製じゃないの」「あら、ほんと？」「色が浅黄だから、フランス海軍の軍服と同じだぜ」「ウイウイ、メルシー」すずを一人にするわけにいかないので、本人の意向を聞き明子の姉に来てもらった。私鉄を三つ乗り継ぎ秦野からバスでヤビツ峠に着いたが、顔が青く息が上がっている。おまけに曇天で蒸し暑い。この辺を散歩して帰ろうかといおうとしたら、「ゴールの海抜はどのぐらい？」「たしかチョモランマより低い」「頂上にビヤホールある？」「たぶん、ある」頬に血の気がもどったので予定どおり登ることにした。峠から奥の院まで標高差が約五百メートル、尾根道とはいえ急な上りもあり、曇っているので富士山も相模湾も見えない。長い心身の疲労でヨットで鍛えた体力も落ちているだろうし、頂上に温泉も湧いていないし、これ、ただの苦行でしかない。中江は明子の気持ちを少しでも和ませようと、戦前の名曲「東京ラプソディ」を歌った。日本語じゃ面白くないから我流に英訳するのである。「花咲き、花散る、宵は」を「フラワーオープン、フラワークローズ、ディスイブニング」と「逢えば行く、ティールーム」を「ウイゴーストレイト、シークレットルーム」と訳し、「このルームは二時間を過ぎると割増料金がつく」明子、少しも笑わず、ものもいわず、暗闇の牛のようについてくる。中江が感心したのは、奥の院までの一時間二十分、「あとどのくらい」とたずねたり、後ろからこちらのベルトをつかんだりなどしなかったこと。疎開先でてくてくと歩き、芋の買い出しを手伝ったのは真実であろう。

ついに奥の院に着いた。そこには小屋掛けの売店があるのみでビールも売っていなかった。

明子は浅黄のリュックから水筒を出してゴックンゴックンと飲んだ。「君の飲んでいるのはビールの一種だよ」「何よ、それ」「京都じゃ水道水のことを「鉄管ビール」とか「琵琶湖正宗」といってたよ。戦後の貧しい時代、そういって憂さを晴らしてたんや」

さて妻の幼児の思い出が話されたついでに、夫のも記しておこう。まだ四歳の頃であったが、母とその従妹と、姉と自分の四人、金沢行の夜行列車に乗った。京都が始発駅、早くからならんで四人掛けの席をとり、母は座席を詰めてくれといわせないため、荷物を置いて隙間を埋めた。列車は通路ばかりか、網棚に寝そべる人、窓から出入りする人など、人間が主役の動物園みたいだった。自分は列車が発車する前におしっこがしたくなり、人をかき分けかき分け、やっと便所に着いたらここにも人がいたが、さすがに空けてくれた。し終わって席に戻ったら、四人席にもう一人男の子が座っていた。母が荷物をどけて座らせたらしい。「すんまへんな、ぼん」母親らしい人が「これ食べて」とカンパンをくれ、お返しに母は赤い飴玉を一コやった。まわりの人はその飴玉を見て目を丸くしていた。当時そんなものはどこの店屋にも無かったからだ。母の実家が砂糖や菓子の卸しをしていて、いわゆる隠退蔵していたらしい。

金沢へ行ったのは父親が応召されてそこの連隊におり、面会するためであった。ほとんど何も憶えていないが、兵舎の窓という窓に貼られた白い紙が綺麗だったことと、父親を前にして自分が転んだことだ。姉がお父ちゃんと飛びついていったので、自分も同じようにしなきゃいけないと必死になり、足がもつれてしまった。父は軍服を着、室内なのに帽子もかぶり、転んでべそをかいている息子を抱え上げた。

その服と帽子だが、自分の記憶が正しければ、戦後父が所有していたのと同一のものだ。父はこれを着用し、宴席で余興をやった。「ここはお国の何百里、離れて遠き満洲の」を歌い、踊るのである。じつにギクシャクとし、操り糸の糸がもつれたような所作であったが、何かしみじみとしていた。これを見た人は「あの人、満洲で戦わはったのやなあ」と感銘を受け、一票を投ずる気になったにちがいない。

さて金沢の父であるが間もなく除隊になり、また応召された。今度は宮城県の石巻。親父が死んでからおふくろがそのときのことを、玉手箱を開けるように密やかな声で語った。「石巻へ行ったら生きて帰れへんのや」「なんでや」「輸送船に乗せられて南方へ送られるからや」「撃沈させられるのか」「それが、ソクジツキゴウになったから運がよかった」ソクジツキゴウとはどんな字を書くのか、おふくろに聞いても広辞苑を見てもわからなかった。たぶん「即日帰郷」と書くのだろう。

おふくろはさらに語った。「石巻へ行く途中、東京の大本営に寄ったそうや」「何のために」「瀬島さんに会うためや」「瀬島さん？　伊藤忠の会長にもなった龍三さんのこと？」「そうや、お父さん、府会議員してたから、その関係で知り合うたようや」「親父、何のために瀬島さんに？」「知らん、知りまへん、てんと知りまへん」。

親父、瀬島さんに「やあ挨拶に来た。石巻に入隊することになったよ」対して瀬島さん「なにっ石巻。それはいかんなあ。あなたは戦後の日本にとって大事な人なんだ」といったかどうか。そして、親父の身を忖度して「即日帰郷」の指令を出させたかどうか。（明子の日記に、軍事機密とあるのは、この部分を指すのだろう）。

親父は戦後第一回の総選挙に立候補し、「一兵卒として召集令状を受けた私、生きながらえて今日あるを得た私は」と前置きし、祖国復興のために身命を捧げたいとぶち上げていた。知らぬ人が聞いたら、敵弾をくぐり抜けて戦地から帰還したこの人なら、と一票を投じたにちがいない。親父は武骨で嘘をいえない人であったが政治家になる資質は持ち合わせていたようだ。

おっとそうそう、ウグイスをめぐる二人のやりとりを忘れてはならない。鶯は三月半ばから八月半ばまでわが庭にやって来る。身のこなしが素早く、眼を掠める姿は煤けた土色だが、その声は明るく澄み、春から夏へそのアドリブは冴えに冴え、そうして別れのときが来る。

それを直感した中江が明子にこれを告げ、言葉の遊びをしたのだった。

「ホーホケキョ　法華経　マニ教　すっとんきょう」と中江。
「ホーホケキョ　ホーハクション　ホーチンミンって誰だっけ」と明子。
「ケキョケキョと　ケッキョク人生　これしきか」

「ホーホケキョ　結婚してよ　ケッキョンしてよ　舌噛んだ」
「春から夏へ　さえずりつづけ　おひねりもなし　ケチの家」
「春から夏へ日が移り　死にたくなればそれもよし　ジャーン」
「行く夏や　どっこいまだまだ　氷を運ぶ」
「行く夏や　鳥泣き　魚の目が痛い」
「ホーホケキョ　遊女揚巻　いま骸骨」
「ホーホケキョ　ズボンのチャック上げなさい　秋風ぞ吹く白河の関」

明子はひと頃俳句の結社に入り、一日のゆるされた時間を作句に当てていた。句会には出られないのでもっぱら投稿による参加であった。娘をかかえ苦闘中だけに、どんな句を詠んでいるのか想像もつかなかったが、彼女が亡くなってからその会の句集を何冊か読んだ。そして、彼女が或る年のナンバー2賞を受けたことを知った。二番目だからいわなかったのか、その時期夫婦仲がかんばしくなかったのか、どちらかだろう。ここに、受賞の対象となった作品を記しておこう。

「雪柳　甘き香りが　雨にまで」

「下駄の緒が　切れた気がして　夏の月」

「またたびの　紅目のうちに　夏野行く」

「ななかまど　白磁の壺に　鎮まれり」

「ダム澄めり　陰府の淵まで　照紅葉」

「木枯しが　不機嫌を　抱きしめており」

中江の記憶だと、明子の俳句熱は二年かそこらで終わった気がする。熱が冷めたというより、日々の憂悶が頭の体操時間を奪ったのではないだろうか。もし彼女が句作を続けていたら、一冊の句集を世に出せたと思う。あるいは二人がオシドリのように仲良かったら、共同句集になったかもしれない。いやいやそれはあり得ない。「春雨や尻尾たたんでしゃなしゃなと」なんて句をつくる男とじゃイヤだといったにちがいない。

八月九日の日記に、このまま自然に逝けるでしょうとの女医の言が記されている。もしもそうなるのなら、奇蹟ではなかろうか。明子の強い願望を、本人の意思ばかりではない何かが後押ししてくれている。それは神？

中江は確たる信仰を持たないが、無神論者ではない。現にいちばん近くにキリスト者がおり、この人において神は明らかに存在している。

明子に声をかけられ何度か教会の礼拝にも参加した。そこはヨーロッパの聖堂に見られるような、見上げるほどの高さも人を威圧する壮麗な装飾もなく、普通の明るさの真四角な空間、大学の小講堂のようであった。

何の予告もなく奏楽が始まる。パイプオルガンの朗々たる、どころではない、琴線をどやしつけるような圧倒的音量。中江はバッハを好み、ミサ曲など聞くと泣きたいほどの感興をおぼえるが、ここのオルガンはそれ以上だ。これでかなり弱気になったところへ讃美歌をうたわせられる。讃美歌も好きであるうえ、二度もうたわせられ涙腺が決壊しそうになる。肝心の牧師の説教。よく通る声、論理的な話の組み立て、ところどころ挟まれるユーモア。自然、そこへ引き込まれるのを感じながら、生来理屈っぽいのか、どっぷりというまでに至らなかった。聖書をよく読んでいないせいもあろうが、この人の説教、結論の直前にジャンプしていはしないか？

結局、伝道されるという点では一歩の前進もなく礼拝堂を出てくるが、玄関には牧師夫妻が立って会衆と挨拶を交わしておられ、中江は妻の陰に隠れ、忍ぶように歩いた。

或るとき明子がいった。

「今日の説教、よかったでしょ」

「うん、たしかに。じつはね、こないだ君のテープ勝手に聞かせてもらった。べらんめぇでエッチなことをいう神父さんの説教。あれのほうがよかったな」

相手は十秒ほど沈黙し、反撃に出た。

「罰が当たるわよ」

「へえー、どんな」

「好きなフランスあんパン、売り切れてるとかね」

教会へ行くと夫はひどく腹を空かせる。家に帰って作っていては待てないのでパン屋に寄るならわしであった。何とこの日、目当てのフランスあんパン、棚のどこにもなかった。この女、悪い霊でもついていて、あんパンを追っ払うことが出来るのか。

それはともかく、夫を入信させようと、説得したりはしなかった。馬を水辺に連れて行けても、水を飲ますことは出来ないこと、承知なのだ。

しかし、彼女だって牧師の説教に動かされ入信したのではない。前に記した彼女が教会記念誌に寄稿した文によれば、「初めて教会を訪れたその日、讃美歌の美しい調べも、牧師の説教もほとんど頭に入らないままに、ただただ大きな御手の中にすっぽり包み込まれたような……」とある。つまり、教会へ足を踏み入れる前に神の手にとらえられていたのである。

どのような経緯でそうなったのか。突然雷神のごとく神が彼女のもとへ降りて来たのか。そうではないだろう。娘を抱えて苦闘しながら聖書を読むうちに、少しずつ少しずつ神の優しい手を感じるようになったのではないだろうか。彼女が「意を決して教会を訪ねた」と書いているのは、心が固まって行く時間の推移を表している。

あんパンはさておき、これまで中江は何度も、天の懲らしめにあっている。最初が前に記した、小三のとき南禅寺のプールで水泳パンツがほころびたこと。あれは、同じクラスの女子の背中を押してプールへ落したとき、ほぼ同時に起こった。その子は眼の円らな頬にえくぼが出来る可愛い子で、つい発作的にやってしまったのだ。パンツの破れた箇所が最悪だった。股間の中心がパクッと開いている。中江少年は股に何か挟んだような内股歩きで脱衣所へ逃げ込み、そして思った。これが母親の口癖の、テンバツテキメンかと。

その後の人生、自分は数え切れぬほど人を傷つけ、迷惑を蒙らせた。プライベートでもそうであったし、仕事上も民事弁護を務め、相手を負かしたときしばしば後ろめたさを感じた。中江は長く保険会社の顧問をし交通事故の加害者代理人として法廷に立った。主な争点は被害者の過失の度合いであり、中江はこれを過大に主張し、そのとおりの判決を得たときは保険会社から結構な報酬を頂戴した。これ、罪悪でなくて何であろう。

中江は天罰らしい心身の苦痛をちょくちょくと受けている。しかし、それもやったことのわりに軽くて済んでいるし、おとがめなしで終わったほうがうんと多い。

ともかく、この世には人知の及ばぬ何かの力が働いている、と思えること稀ではない。とりわけ神であるが、これ、ロジックだけじゃ理解し得ないのじゃないか。だのについ、元法律家の理屈っぽさが出てしまう。

神は存在しない。存在するはずがない。

中江は一度強烈にそう感じさせられたことがある。胸を突き刺すような怒りとともにそう感じ、その場にいたたまれなくなった。

広島の原爆資料館で展示物を見たときのことだ。それは爆弾によって焼け焦げになった男性の写真。真っ黒に炭化し、いまにも分解しそうな骨格がわずかに人の原形をとどめている。本当にこの人、一瞬の爆撃によってこうなったのだろうか。いったいぜんたい、彼は何の罪をおかしたのか。人間、どんな大きな罪をおかしても、その死は予告され、それなりの葬りがなされるはずだ。だのにこの死体は死刑以上の、想像を絶するほどの極刑に処せられている。

この執行人は直接的にはアメリカであるが、中江の矛先はそんな小さなものでなく、神に向けられた。神は存在するのか。万能である神は存在するのか。存在するとしたら、アメリカの投下計画は当然予知できたのであり、それならば何故これを止めることをしなかったのか。

しかし現に誰も止めなかった。神は存在しないか、死んだのだ。

若い頃読んだ小説で、神について深く考えさせられたものがある．アルベール・カミュの『ペスト』で、バヌルーという神父が登場し、疫病にさらされたオランの市民にこう説教する

（新潮文庫・宮崎嶺雄訳）

「……反省すべきときが来たのであります。あなたがたは、日曜日に神の御もとを訪れさえすればあとの日は自由だと思っていた……神はあなたがたともっと長く面接することを望んでおられたのであります……あなたがたの来ることに待ち疲れたもうた神は、災禍があなたがたを訪れるに任せたもうたのであります」

つまりパヌルー神父は、神がペストの蔓延を止めようとしないのは怠惰な人間を戒め、懲らしめるためである、というのだ。

このくだりを読んで中江は、ペストという疫病は根源的な悪ではないのか。そうである以上、これを使って人間を戒めようとする神も悪に加担することになるのでは、と思った。

ところがパヌルーに心境の変化が生じる。救護活動をするうち、一人の少年の悲惨な苦しみようを眼にし、「神よ、この子を救いたまえ」と祈りを唱えるのだ。これは神に、戒めの撤回を求める行為であり、説教と明らかに矛盾する。神父は、神を否定するぎりぎりのところまで来ていて、その言い分は苦渋に満ちている。罪なき幼児の死は「まったく憤りたくなるようなことです。しかし、それはつまり、それがわれわれの尺度を超えたことだからです。しかし、おそらくわれわれは、自分たちに理解できないことを愛さねばならないのです」

だいぶ以前、中江は信仰について明子と語り合ったことがある。そのとき、原爆資料館の男の死体を見て神の存在に強い疑念を持ったことを話した。これに対し彼女は、神がなぜ彼をそんな目に遭わせたか、説明することが出来なかった。ただ「神さまには神さまのおはからいがあるの。私は神さまを全的に愛し信じるだけ」と言い切った。

バヌルー神父にしろ明子にしろ、そのいわんとするところは同じであろう。これは頭をどうひねくっても呑み込めることではなく、神の愛が全身をつつんでいなければ言い得ない言葉なのだ。

神は全能ではないのだろうか。全能であれば娘のすずだって何とか……と中江はつい思ってしまう。それはともかく、神の御子イエス・キリストについて、遠藤周作が奇蹟など行えない無力な人と書いている（『イエスの生涯』）。中江はそんなイエスに得も言われぬ親しみをおぼえる。

ここに、一部を紹介する。


彼等は生きていた時のあの人の顔や姿を思いうかべた。疲れ果てくぼんだ眼。そのくぼんだ眼に哀しげな光がさす。くぼんだ眼が微笑する時は素直な純な光が宿る。何もできなかった人。この世で無力だった人。痩せて、小さかった。彼はただ他の人間が苦しんでいる時、それを決して見棄てなかっただけだ。女たちが泣いている時、その傍にいた。老人が孤独の時、彼の傍にじっと腰かけていた。奇蹟など行わなかったが、奇蹟よりもっと深い愛がそのくぼんだ眼に溢れていた。そして自分を見棄てた者、自分を裏切った者に恨みの言葉一つ口にしなかった。にもかかわらず、彼は「悲しみの人」であり、自分たちの救いだけを祈ってくれた。

中江はキリスト者ではない。にもかかわらずイエスが明子の傍にいて、このまま安らかに天に行けるよう、あなたも祈ってくださいと願わずにいられない。

5章

明子の日記

八月十二日（金）

菫が来てくれる。先日きょうかたびらを試着したとき、手首から先が目にとまりわれながら驚いた。青く筋ばって、怒って砂を蹴散らしているニワトリの足を連想した。すぐに菫にこのさまをメールしたので、大急ぎで長手袋を買い、仕事を休んで持ってきた。生きているうちに間に合わせたかったのだろう。ありがとう、これで死装束はオーケー。

菫は午前だけ休みをとったという。感謝感謝。

体が熱く、水シャワーをしたかったが、左足のかかとが痛く、あきらめる。

夕方、友治が氷を持ってきたとき、この話をすると、タオルを水に濡らし体を拭いてくれた。

ただし、胸のほうはお断りした。左の乳房はごっそり摘出されたので、夫といえども見せたくない。それが、老いらくの乙女心というものだ。

ありがとう、というかわりに「握手して」と言った。これは死ぬまでにやっておかねばと、ずっと考えていた。だから強い命令口調になった。友治は豆鉄砲を食らったような顔をし、それでも求めに応じた。

ああ、温かな大きな手。

口には出さなかったけど、この握手、和解のしるしなんだョ。

八月十三日（土）

どうしてもアイスクリームが食べたくて、友治にコンビニへ行ってもらう。バニラのアイス。喉に入らぬよう、ほんの少し舌にのせ、そして吐き出す。おいしい!! 十二日ぶりに氷以外のものを口に入れた。生きている!!

神さま、命の水をいただきました。平安のうちに新しい世界へと招き入れてください、アーメン。

左足が痛くて、這ってトイレへ行く。もう歩けなくなっている。

午後九時、生まれて初めて安定剤（舌下錠）を口に入れる。午後十時半、ムカムカして目が覚める。顔がかゆい、腕がかゆい、体じゅうがかゆい。そこへ友治が来て、「薬の副作用だろう、処方を変えてもらおう」といいながら体を拭いてくれる。

八月十四日（日）

菫が来て、シーツ、布団と枕のカバーを変えてくれる。気持ちいい。

庭に赤のハイビスカスが四つ、白い彼岸花が一つ咲いているという。ハイビスカスは軒下の鉢植え、彼岸花は野の花、どちらもこの部屋から見えず、菫にスマホに撮ってもらい写真で見る。

うちの庭は、私が花や木を逐次植えていった。といっても何らかのデザインがあったわけでなく、植木センターへ行くのが好きで、そこで衝動的に苗木を買ってしまう。友治は芝生の中に一つ緑陰があればよい主義だから、この庭は仰山過ぎて、可愛くないのだろう。草引きなどもあまりせず、おかげでスズメバチに一度も咬まれていない。私は欲張りで、かんきつ類だけでも、ユズ、カボス、レモン、オレンジを植え、ちゃんと実をみのらせた。今年もたくさん実をつけそうだが、私は見られないだろう。さびしい、胸が痛む。

スマホで主日礼拝を聞く。牧師の説教が身に沁みとおる。

詩編二三、主は羊飼い、わたしには何も欠けることがない……死の陰の谷を行くときも、わたしは災いを恐れない。あなたがわたしと共にいてくださる。

八月十五日（月）

友治の無頼派俳句のとおりウグイスはさらばし、かわりに法師蟬が啼きだした。ホーシーツクツク、ホーシーツクツク。一心不乱、懸命に啼いている。行く夏をおしむように、私の命をおしむように。あの小さな体で、どうしてあんな音量が出るのか。京都大原で聞いた声明を思い出す。

看護師の小林さんに、這ってトイレに行く話をしたら、簡易便器をベッドのそばに置くか、ベッドに尿の袋をつけるかの方法、おむつの使用など、説明を受けた。

いいえ、最後まで自分で処理したいのです。

十時に導眠剤二錠舌下に入れ、四時間眠れた。

友治の原稿

八月十二日の日記にあるとおり、「握手して」といわれ、いささか唐突に感じながらそのとおりにした。軽いスキンシップ程度のあの握手、それが何だって、「和解のしるしなんだョ」だって。

それならば、二人の間には和解せねばならぬようなイザコザがあり、その状態が続いていたことになる。

いわれてみれば心当たりがあることはある。自分がこんなあいまいな言い方をするのは、「あれ」は三十年も前のこと、歳月の向こうに霞んでいるからだ。

「あれ」とは自分がやらかした不倫であり、明子の日記に触れられている以上、知らんぷりしてやり過ごすわけにはいかない。

といっても、あの世の明子が目を覚まし、怒りを再燃させるとまずいので、出来るだけ簡潔に述べよう。

一九九二年秋の或る日曜日、中江は京都で学友の娘の婚礼に出たあと新幹線に乗った。自由席はすでにいっぱい、本業の書面（弁護士の準備書面のこと）を書こうと予定していた中江は車掌に空席をたずね、さいわい一席を確保することが出来た。そこは車両の一番前、窓側の席はリクライニングされて女が占めており、何と片足をこちら側に侵犯させていた。足はキャラバンシューズ、デニムの上下、頭にはバンダナを巻き、ぐっすり眠っている。相手が寝ているのをいいことに、中江はさらに観察した。すっきりした細面、頰が陽焼けしたばかりの桃色、あごを下にめり込ませるように寝ているので首の肉が二重三重になっている。網棚にはプロの持つようなたいそうなカメラ。

中江は席に着くと、左の爪先でちょいちょいとキャラバンシューズをつつき、彼女の無作法状態を解消した。

静岡駅を過ぎるあたりで隣がもぞもぞと動き始め、やがて左の窓にオレンジ色を背に濃い藍色の富士が忽然と現れた。「わっ綺麗」隣が弾んだように起ち上がり、網棚のカメラを摑んだ。時すでに遅し。

「残念でしたね。富士山、逃げ足が早いから」

中江は同情をこめていい、だのにハハハと笑ってしまった。

「わたくし、自然はあまり撮りませんの」

強い語調に、そちらに眼をやると円らな瞳とともに顔もぐいとこちらに向けられた。中江はその顔に涼しい一瞥を与え、うそぶくようにいった。

「あなた、京都で仏像を撮りましたね」

「えっ、なぜわかるのです」

「神護寺の薬師如来じゃありませんか」

「どうしてどうして、そんなことまで」

「ヤマカンですよ。それでひどく疲れ、ぐっすり眠ることになった」

「わたくし、あの薬師如来がほほえむところを撮ろうとして」

「それは無理だ。あれは古今無双の笑わん殿下だから」

「そちらの好きな仏像、当ててみましょうか」

「三十三間堂の千手観音なんていわないでくださいよ。一千一体もあるから、どれを好きになっていいかわからなくなる」

「興福寺の阿修羅像でしょ」

「あれ、いちばん人気がありますね。僕はあれを見ると『尼僧物語』のオードリー・ヘップバーンが眼に浮かぶ」

「わたしもあの映画見ましたけど、それはまたどうして？」

「興福寺の阿修羅像は合掌しながら、信仰に没入し得ない悩みを抱えている。それは肉の欲望からくるのかも知れない。『尼僧物語』のヘップバーンは、社会の不幸を見棄てられず、結局修道院を去る。人間愛のほうを選んだのですが、ほかのどの映画よりも彼女がセクシーに見えました」

「へーえ、わたくし、清楚なヘップバーンばかり見ていました」

突然会話がぷつりと断ち切られた。列車が終着駅に着いたのである。

二度目に会ったのはその四か月後、弁護士会の仕事で懇意になった、五つ年下の同業者が出版パーティを開いた席だった。彼と大学が同級の、女性官僚がスピーチをし、長身の、すっきりした面立ちが新幹線の彼女に似ていた。官僚はシックなライトブルーのスーツを着、頭はバンダナを巻かず、歩くとしゃなしゃな揺れる髪型をしていた。物腰優雅なこの官僚が隣の席にまで足を投げ出していた女であるはずがない。そのスピーチは、ところどころ笑いが起きたが、本人はあくまでも澄まし顔。

「本日の主役、山西さんとは大学二年まで同じ山岳部のメンバー、北アルプスの山小屋で隣に寝ることになったとき、俺汗くさいぜ、わたしも汗くさいわよ、おれは君の二倍くさい、わたしはあなたの三倍くさいと主張し合い、喧嘩になりそうになった。三年から二人とも部活をやめ、司法試験目指して勉強を始めた。俺メシとトイレと五時間の睡眠以外はすべて勉強に費やしていると、鬼の泣きそうな顔で告白した。わたしはこらあかん、こんなのと競ってられないと公務員試験に切り替えたしだい。ところが今度の本によると、夜は春本を読む以外、墨田川のほとり、つまり吉原とか柳橋とか向島の色町をほっつき歩くのを趣味としていたそうで、その情景描写はとてもリアル、なるほどと思わせます。君、よくも私を騙したわね、リベンジせいでおられようか。さいわい、そのときが来ました。彼が起こした国家賠償訴訟につき、私が所轄官庁の職員として反論書を作成することになったのです。さきほど会ってご挨拶したら、彼、魚心あれば水心、とかいって和解をチラつかせましたが、誰が応じるものですか」

立食の宴になり、中江は一度彼女に接近し、やっぱりあのときの女に似ているなと感じつつ、通り過ぎようとした。

「ちょっと、ミスター」叱りつけるような大声に、思わず足をとめると、「あの日の富士山のように逃げて行かないで」と、今度は鼻から出たような声で呼びかけた。

「あっ、あのときの」

中江は天を仰いでびっくりして見せ、「初めまして」とトンチンカンな挨拶をしながら名刺を交換した。彼女の名は山形ミキ。

それから三か月後、もう春を思わせる空を見て、数寄屋橋のデパートまで足を伸ばした。時間に余裕が出来ると、昼飯にここの穴子ちらしを買いに来る。この日は同じ物を買った先客がいて、それを手にしたところだった。

「あれっ」

「あらっ」

先客は山形ミキで、店員に同じ物をといったら、「申し訳ありません。売り切れました」という。さてどうするか、ほかの弁当は食べたくないな。中江は立ち去るわけにもいかず、ミキへの言葉も浮かばず、ぼうっと立つばかり。

「よろしかったら、半分こしましょう」

「はあ？　いっしょに食べるんですか」

「日比谷公園ででも」

「ほんとうですか。ありがとう」

ミキは店員から箸をもう一つ、緑茶を二本、そして中江には優しい言葉をかけた。

「ここの穴子ちらし、一人で食べるには多過ぎますもの」

日比谷公園の皇居寄り、薔薇などに縁取られた芝生の公園。その通路のベンチに二人は腰かけた。彼女の手によってちらし寿司が等分され、一つは折りの蓋に乗せられ、それを自分のほうに、「どうぞ」と折りのほうを中江に渡した。

二人は言葉少なく、ひたすらに食べた。

「うまいな、やっぱりうまい」

「こんなピクニック、初めてのこと」

山形ミキというこの女性官僚、一人で食事することが多いのだろうか。彼女が若くして寡婦になったことは、先日山西弁護士から聞いている。彼女の夫は離島の医師をしていたが過労が災いして突然死したという。彼女が薬師如来のほほ笑むのを願望したのは何か夫の死と関係あるのだろうか。

「ほら、おいしくいただきました」いいながらミキが折りの蓋を見せた。そこには一粒の米もついておらず、中江はあわてて折りの底を綺麗にした。

二人とも仕事に戻らねばならない。オフィスの方角は重なり合わず、この場で別れることになるだろう。中江はミキが寿司折りを紐で結わえているのを見て、非常に焦った。

「お礼をしたいのです。昼飯のお礼を」

「まあ、そんな大げさな」

「ミシュランのレストランでコースなどとはいいません。穴子ちらしに見合う程度のものを」

「それじゃ会いましょう。私から連絡します」

意外やその日のうちにミキより電話があり、金曜の六時有楽町駅の改札で会うことになった。中央官庁は夜遅くまで働くと聞くが、革新的官僚なのかもしれない。

二人はきっかり六時に会い、高架下の、列車が通るとゴトゴト音のする居酒屋に入った。焼鳥のコースと生ビールを頼み、酒豪であるらしいミキは中江の早いペースに楽々とついてき、五分後に二人は中ジョッキのおかわりをした。ここの焼鳥コース、この日はスズメが特別サービスされていた。

「おおどうか、この一羽、うちのベランダに来るスズメじゃないことを祈ります」いいながらミキはがぶりと頭からかぶりついた。

「あなた、餌をやってるんですね」

「ハトにね。その残りをスズメがスイープするの」

「お寺の近くに住んでるの」

「ハトは新宿御苑から来るようよ」

もう一杯ずつビールを頼み、それが空になると皿の串も尽きてしまう。そこで中江は一つ質問をぶつけた。

「住まいは御苑の近くですか」

「ええ、そちら方面」

「同じ方角、つまり四谷荒木町の路地奥に、美青年一人がやっているカウンターバーがある。秋の湖水に舫う小舟のような店で、僕はたまに一人で行き、水割りを二杯飲んでさっと帰るんだ」

「素敵ね。そこへ行って、わたしもさっと帰ろうっと」

この二十分後、二人はその店「海明り」の客となった。中江がここへ来るようになったのは、弁護士会の法律相談がきっかけだった。警察の尋問部屋とあまりかわらぬ相談室に、青い薔薇の化身のような青年が入ってきて「私ゲイバーを営んでいる白川です」と自己紹介し、次のような話をした。

常連の客がツケをためていて五十万ほどになる。何度か催促をしたがそのつど俺のいうことを聞けと迫ってくる。二か月ほど前に、もう来ないでと言い渡したのにそれからも三度来て、ハイエナみたいな目でなめまわすように私を見る。先生、この男を追い払う方法ないでしょうか。

中江は、ゲイの性向がなくてもこの青年を好きになる気はわかるな、と余計なことを考えながらいくつか質問をした。「その客、どんな仕事をしてますか」「大手商社の課長です」「彼を出入り禁止に出来れば、お金はあきらめられますか」「五十万は大きいです。取っていただきたいです」。中江は簡略に法的手続きを説明した。とりあえず内容証明郵便で飲食代金の請求をし、応じなければ給料を仮差押えして訴訟を起こすことになる。「先生、それはちょっと」と相談者は困惑の表情を浮かべた。「私、裁判沙汰にはしたくありません」「そうか、でもここは弁護士会だから、法に則ったやり方しか答えられないよ」「何とかなりません」「うーん、何とかしてあげたいな」「一度、私の店に来ていただけません」「うん、妙案が浮かぶかもしれないな」

わずか五席のカウンター、薄橙に暮れる海辺のような明かり、ビル・エヴァンスのピアノ。宵の早くにその店に行き、中江は白川青年とひそひそ協議した。「あなたの同業者に頭抜けて大きな人はいない?」「いますわ、デブ専といって、そんなのばかりのゲイバーが新宿二丁目にありますよ」「彼らはどんななりをしてるの?」「女装ですわ。化粧もコテコテ」「ハイエナ課長が来たとき、そこから一人派遣してもらえない？」「ママに来てもらいます。懇意だから」「課長にそのママを紹介し、あなたは店を抜け出す。そしてママがいう。ここのツケを全部払い、以後来ないでほしいの。そうしてもらえば、あたし、おたくの会社へうかがわなくてすみますわ、と」

　さて、ミキを同道して入った初めての夜、この件などを話し、陽気な宴となり、中江は三杯目の水割りを頼むほどになった。

「あら、二杯でさっと帰るのでは」

「今夜は例外です。ちょっと失礼」

　中江がトイレから戻ると、ミキが居ない。マスターを見ると、首を横に振り申し訳なさそうな顔をした。「急用を思い出したのかな」中江はつぶやきながらグラスを持とうとし、コースターに挟んだ名刺に気がついた。ミキの公用の名刺であるが。「裏を見て」矢印がしてあり、裏に住所が記されていた。

　うちへ来てください、というのであろう。そうとしか読めないし、この夜の中江は知らぬ顔をするだけの鉄の意思を持ち合わせなかった。

　三杯目をわりとゆるゆると飲み、それからタクシーでミキのマンションに向かい、書斎と寝室を兼ねたような十二畳ほどの部屋に通された。鳩が来るというヴェランダ側に二脚の椅子とテーブル、壁の二面とドア側の半分を書棚が占領し、象牙の塔の一室に仮ベッドを置いたような変てこりんさの中、それでも自然に原初の男女になった。

ミキのところから帰る道々、中江はこんな思いにとらわれた。今夜のことは一度きりの遊びであったのかな。だが、そうすると、女が自宅へなど男を呼んだりするだろうか。いずれにしても、自分としては一度きりのことと割り切らねばならない。

それからしばらく、胸がキリリと痛んだ。これ、後ろめたさもあろうが、快楽の記憶の再燃でもあった。

一月ほどしてミキより電話があった。「中江さん、忘れ物しましたよ。これ、返さなくっちゃ」「何か忘れたかな」「お会いすればわかりますわ」二人は新橋のＳＬ前で待ち合わせ、入口の水槽にアジを泳がせている大衆割烹に入った。

「中江さん、こないだ帰り際に何ていったか憶えていますか？　忘れ物とはそのことです」

「さあ」

「アデュとも、近いうちにまたともいわなかったわ」

「アデュなら永遠の別れ、近いうちにまたなら、その反対か」

「おやすみ、それじゃ、といったのよ」

「うーむ、どっちつかずの挨拶だったね。それで、忘れ物を置いておかれたように思ったわけか」

「そのとおりです。ただ、どっちつかずの気持ち、よくわかります。私も同じだもの。でもね、天然自然の自分が抑えられなくなった。「海明り」へ無性に行きたくなったの」

　中江は強くうなずき、ミキの率直さへの返答とした。

　二人はこんな濃厚なやりとりとは無縁な顔をして魚を平らげ、四谷荒木町へ足を運んだ。店に入り、五分ほどしてミキが小声で話しかけた。

「私のこと、やめたくなったら、二杯でさっと帰ってちょうだい」

「うん。それ、お互いのルールとしよう」

　早晩そうなるだろう、そうしなければいけないと思いながら、その後も二人の仲は続いた。中江もミキと同様、天然自然の自分を抑制できなかったのだ。

　およそ十か月後、別れの後押しをゲイの美青年から与えられた。「私、今月限りで店をたたみます」と告げ、和歌山の母がパーキンソン病になった、母一人子一人の家なので、郷里へ帰り、漁師見習いから始める、ときっぱり明言した。中江とミキは顔を見合わせ、こっくりとうなずき合った。天然自然という厄介者をこちらもたたむべき時が来たのだ。ミキが甘くささやいた。

「今夜は二杯で帰っちゃダメ」

　その後、二人はもう一度会った。山西弁護士から彼女が海外勤務になると聞いて、中江はフィナーレの一幕を思いつき彼女に電話をかけた。「あなたの送別会をやりたい。ミシュラン星のくっついたレストランで」「まあ、柄にもない」「最後の晩餐、豪華にやろう」。

　この会は余計であったようだ。明子の知り合いの誰かに見られていたらしい。二人が談笑しているだけなら言い逃れも出来たろうが、コースの終わり近く、感謝の念を伝えるのに、ミキがポロポロ涙をこぼした。突然の、スコールのような涙であった。

「宇野千代さんが書いてたわ。男女の仲って長くて二年だって。そうなるとぼろぼろになるのでしょうね。わたしたちこんなに爽やかなんだもの。中江さん、どうもありがとう」

高級レストランにおいて女が涙を流し男が困ったような顔をしている。そのさまを見て、法律相談中とは誰も思わないだろう。

この二月後、ミシュラン店の情報が明子の耳に到達したようで、「わたし、知ってるのよ」と高飛車に切り出され、相手の女の特徴をいくつか述べ立て、さあ正直にいってと迫られた。明子の頭に二本の角が生え、角の先から火が噴き上がっているようであった。もともとラテン気質のうえ、娘を抱え苦闘しているのだから、こちらは反論の術もない。

中江はおおすじ事実を白状し、ただ、もう済んだことだからと相手の素性は明かさなかった。そのためか、明子の怒りはおさまらず、家の空気はいよいよ険悪になった。このままを続ければ娘たちがどうなることか。中江はついに家を出る決心をし、事務所の近くに、以前学生下宿をしていた家を見つけた。家主の老婦人と三か月の間借り契約を結んだのはいいが風呂もシャワーもついておらず、都内の銭湯をあちこち入り歩くことになった。

週に一度、中江は洗濯物を持って家に帰った。明子も、これには文句をいわなかった。日曜日、中江が洗濯物を干し終えた頃、明子が主日礼拝から戻り、途中買ったパンを食卓にひろげる。その中にはフランスあんパンもあって、夫はそれを二コ食べ終えると、先週洗ったのを持って見送りもなく家を出る。

三か月たっても明子から何のサインも出ず、間借り契約がもう三か月延ばされ、その期限も迫った或る日、「俺の刑期、満了したと思うがな」中江がぶすっとした顔でいうと、「どうかなあ、まあ、いいわ」と明子が答えた。

あれからもう三十年。この八月十二日でようやく和解に至ったというのか。すると俺はずっと仮釈放中だったのか。

しかしだよ。この十年、明子の体調のよいとき、何度かいっしょに京都へ行った。春、南禅寺から疏水に沿って動物園の下を歩いたとき、降りかかる桜へ跳びかかり、「素敵、素敵」と手を叩いた、あれはいったい何だったのか。

千本の「大市」へも行った。すっぽん鍋の金色のスープをチリレンゲで掬い掬い、「ああしあわせ」と鼻の頭をテカテカさせていた、あれは何だったのか。

秋、嵯峨の常寂光寺。紅葉の石段を夫の腕を取り頭を肩へ寄せて降りた午後、あれは何だったのか。

さらに申せば、山形ミキはもうこの世にいない。和解といわれても、何だか気の抜けたビールのようだ。彼女、数年前病死したらしく、夫は早世、子供のいなかったあの人の最期を思いやると……これはまずいぞ、胸がチクチクしてきた。

トイレへ、這って行かねばならなくなった。ほかの方法を拒み、自分の意思でそう決めたとはいえ酷なことだ。

寝室と便所とは壁一つ隔てているだけだが、戸を二度開けねばならないし、それらの間には段差もある。体力の衰え、足が痛むことを考えると、止めさせたくなる。

これ、赤ちゃんがはいはいするのとは大ちがいである。だからトイレ行の明子とはぜったいに出くわしてはならない。

数日前のこと、まだ立って歩ける彼女が洗面所から出てくるのに会い、中江は仰天、手にした氷を落としそうになった。目の前にギリシャ悲劇のアンティゴネが立っていた。白い仮面をつけ白いドレスをまとい、悲運の境涯を象徴するごとく憮然と立っている。

「そ、そなたは、アンティゴネ？」

「何をいってるの。氷、ありがとう」

「顔につけてるそれ、仮面じゃないのか」

「パックよ、パック」

そういえば姉が学生時代、同様のものを顔にほどこしていた。夜の一時頃台所へ水を飲みに行き、食卓に姉がいるのに驚き、その顔が真っ白なのに二度驚いた。何をしてるのかと問うと、顔が黒いからこれを塗って白くしているのだと答えた。「それ、クリーム？」「ちがう、パックというもの。乾いたらはがすんや」「あねごの顔、そんなに黒いとは思えんけどな」「もっと白くなりたいんや」「何のために」「あんまりしゃべらせんといて。パックが落ちるさかい」それからも姉は何度もパックをやっていた。中江はそんな姉を見て、一つの誘導質問がなされるのをひどく怖れた。「わたし、白くなったやろ」がそれで、さいわいなことに相手は口数が少ないため、そんな災難に遭わずに済んだ。

明子がパックをする理由がかいもくわからない。顔の色を白くして、白い死装束と合わせようとしているのか。しかし、パックに顔を色白にする効果のないことはあねごが実証済みだ。あと考えられるのは、これでしわを取ろうとしているのかもしれない。中江は口には出さず、内心こう思った。パックの乾いて固まる性質は皮膚の水分を奪い、かえってしわの溝を深くするだろう。

まあ、彼女としては、死顔を少しでも若く見せたい一心なのかもしれない。そうだとすると、何ともけなげなことではないか。

そういえば先日「子供たちが見舞いに来たいといってるんだけど」と菫が母の意向を聞いたとき、「会いたいな」と答えてから、「やっぱりやめといて。この顔見たらショックを受けるもの」中江が横から口出しした。「あらかじめやつれたことを話しとけばショックは受けないよ」菫には男女二人の子供がおり、コロナで来られない間に二人とも社会人になった。

彼らに会いたいのは中江も同じ、いや明子の想いはそれ以上だろう。だのに彼女は突っ張って駄目押しをした。「もうすぐ教会で会えるんだもの。菫ちゃん、ねぇそうして」

明子は親しい友人や弟など親族の見舞いも断っている。考えてみると、自分が彼女の立場になってもそうしただろう。死がそこに迫っているのは、水が喉を通らなくなったことで明らかだし、容貌の変化のさまがその思いを強めるだろう。見舞客はいったいどんな顔をし、どんな言葉をかければいいのか。明子だって、それなりに湿っぽい顔をしなきゃならぬではないか。

一つ、お洒落な彼女にしては、と思われることがあった。六月末に左上の犬歯、いわゆる糸切歯が欠け、歯科へ行くかどうか、なかなか決められなかった。歯科は鎌倉の繁華街にあり、駐車場が離れていて駐められる台数も少ない。タクシーで往復するとかなりの金額になる。それより待ち時間が長く、毎度歯のクリーニングから始められ、先生は腕はよいけれど、すぐに全額自己負担の治療をすすめる。中江は妻がぶつくさいうのを聞きながらこう思った。この人はもう固い物を噛んでのみこむのが難しくなっている、はたして歯医者に行く必要があるのかな。それに糸切歯って、物を噛むのに役立つのだろうか？

八月一日一滴の水ものみこめなくなって以降、ぱたりとハイシャのハの字もいわなくなった。糸切歯の修復はしないで死ぬつもりなんだろう。見てくれを気にする明子にしては、らしくないことだ。

それにしてもあの歯、彼女の人となりを象徴していたようで懐かしい。前にも記したが、付き合って半年ぐらいの頃、千鳥ヶ淵のホテルでこんな会話をした。

「部屋、空いてるかな」

「ここって、そういうホテルなの」

「いやシティホテルだよ」

「フロントに聞いてみようか」

「何をよ」

「部屋、空いてますかって」

「フロント係がいい人で、万一受け入れたら、わたし、どうしよう」

「たぶん、いい人だと思うよ」

ここで男声になって明子がいう「失礼でございますが、当ホテル、汗っかきの人はお断り申し上げております」。

あのとき、まるで手品の花のようにぱっと開いた明子の笑顔、中にきらりと糸切歯が光った。

中江はときどき家で飲みながらカラオケをやる。といっても装置は持っていなくて、筆ペンをマイクがわりにし、CDをかける。一番よく歌うのは村田英雄の「人生劇場」。渋くドスをきかせ、偏屈な侠客になりきって「義理と人情のこの世界」と歌い、村田英雄の歌唱にはないナレーションを付け加える。或るとき、明子が「待った」と制し、先に自分が語りだした。

「荒川の土手は緑、さらに緑。うちに一点紅あり。その名をお袖という。かくてその晩、飛車角は激しくお袖を求めた。お袖はよく応えた」

笑いをこらえ、渋みを出そうとするその顔に、糸切歯がきらりと光った。

遥か白亜紀ほども前、中江の不倫が発覚したときあの歯は鋭くとがり牙と化したであろう。左上ばかりか四つの犬歯がそうなって般若の面より恐ろしかったろう。中江は改悛の意を示すため、ちらっと見たきり面を伏せ、その形相を見ていない。

あの歯がなくなって、明子の舌鋒が丸くなったようだ。たとえば野良猫の名前をめぐるこんなエピソード。中江はこの猫を「ゴロ君」と呼んでいて、明子に「可愛い名前ね。名の由来は」と聞かれた。「この猫、ひとことも鳴かないだろう。鳴けないのかもしれないな。それでつけたんだ。むかし京都じゃ鳴かない蟬のことをゴロゼミといったんだ」「まあ、ひどい、差別なんかして」彼女は頑として「ゴロ君」とは呼ばず、ニャンちゃんと呼んでいた。

中江としては名前を変える気など毛頭ない。がっしり、どっしりした体軀。茶トラの毛並みは威風堂々。尻尾は尻の上にバウムクーヘンの形を描き、二コの球は丸見えで、ミルクを飲んだらあばよとばかり去ってゆく。こんなやんちゃ息子をゴロ君と呼ばないで何と呼ぶんだ。先日、「ゴロ君は不思議な猫だよ」と前置きし、「君がこうなってからは毎日やって来る。こないだ雨がザーザー降った夕方、ミルクを飲んだあと一時間以上ヴェランダに立ち続けていたよ。ああ明子は今晩逝くのかと思ってしまった」「そうなの。わたしのこと心配してくれてるのね」明子はしみじみといい、それからいくらか間の抜けた、糸切歯のあとを通過してきたような声で「ゴロ君、可愛い」といった。舌が丸くなったのである。

昨日明子の所に滞在し、自分は地上に存在しているのか、の問題に関わっているとき質問を受けた。

「夕食、何食べるの」

「もう決めてある。何か月ぶりかで食べるものといえばわかるだろ」

「何よ、それ」

「スキ焼だよ」

「うそ。十日ほど前にも食べたじゃない」

「なんでわかる」

「においがしたわ。松坂牛の」

「スーパーで、二十九日の肉の日に五割引きで買ったんだ」

「それはそうと、お料理してくれる人、作らなくっちゃね」

「心配いらないって」

「だって、煮物作れないでしょ」

「料理人、もう決めてあるんだ」

「誰よ、それ」

「君も知ってる人だよ」

「誰よ、ねぇ誰よ」

「京都の人だよ」

「京都って、わたしが知ってるのは新婚時代、祇園で会った芸妓さん、舞妓さんだけよ」

「わが料理人、あのときの芸妓の齢と同じぐらいかな」

「ねぇ誰よ、名前いって」

「たしか苗氏は大原、名は千鶴」

「おーNHKの、きょうの料理のべっぴんさんね」

明子はにっこり笑い、ほんわかとした、糸切歯跡から出てくるような京都弁でこういった。

「大原はん、よろしうにお頼み申します。このひと、おいしいもん食べさせても、おいしいといわへんの。そやのに、まずいときははっきりそういうさかい、気ぃわるうせんといてね。それからこのひと、前科一犯やさかい、じいちゃんとはいえ、油断しないようにね。ほんまは前科何犯かわからへんけどね」

6章

明子の日記

八月十六日（火）

福本医師の往診。医師の穏やかな笑顔を見ると、それだけで気持ちが安らぐ。盲目ランナーの伴奏者のように私をゴールへ導いてくださるような気がする。教会の友人の話によると、この方、四十代で一念発起して医師になられたそうだ。ほかのお医者さんとはどこかちがうような感じがする。

部屋にテレビがあるので、「何か好きな番組は」と聞かれ、「日ハムの試合です。主人に洗脳されファンになったんです」と答えた。「今年は大変ですね」「弱いのにはなれてます。これも主人のが伝染したんです」すると友治が「何しろ前身のフライヤーズ時代から弱かったから、打たれ強くなりましてね。これ、家でも役に立ちますわ」と余計なことを言った。

心身の安定剤。こないだ気分が悪くなった、あの舌下錠とは別の皮膚に貼る薬があるという。とっさに「まだいいです」と言った。

菫が仕事帰りに来る。体を拭いてもらい、持ってきた（父に食べさせるつもりだったのか？）白桃を小さく切ってもらい口に含む。香りがよく、冷たくて美味。

八月十七日（水）

朝のテレビで大文字の送り火のニュースをやっていた。東日本大震災で被害を受けた陸前高田の松をこれに役立てようとしたとき、市民の一部が反対して実現しなかった。友治はこれに猛烈に怒り長編小説を書いた。『恋の鴨川駱駝に揺られ』という題だから恋物語でもあるのだが、美しい女市長が震災地のガレキを受け入れようと涙ながらの大演説をぶつ場面が大好きだ。その作者が氷を持って入ってきた。「今年は大文字、やったのね」と言うと、「さよか、こっちはあれやこれやで、それどころやおまへんわ」と京都の忙しいおじさんの真似をした。私はがっくりした。

小林看護師さんと世間話をしたら、以前すぐ近くに居た人が彼女の隣に住んでることがわかった。それを友治に言ったら「さよか、人間、悪いことは出来んもんやな」だって。それ、喩えとしておかしくはありませんか？

スイカが食べたくなり、友治に頼んだ。スーパーに出かけ四分の一のを買ってきて、これをサイコロステーキ大にし、種もとって持ってきた。「塩かけてくれた」友治はまた階段を往復、瓶ごと持ってきて「ほい」といって私に渡した。

「あのとき俺、塩ふりかけなかったな」

「いつよ」

「中学のとき丹後へ海水浴に行ってスイカ泥棒したんや」

「どうしてそんなことを」

「畑にごろごろ転がってて、早う食べてくれと迫りよるんや」

「泥棒、バレたの」

「いっしょに泥棒したやつのポロシャツ、スイカ色に染まり、タネもくっつけていた。引率の青年団の団長にきつう叱られた」

「盗みの前科はそれだけ」

「うん。一犯や」

「うそでしょ。わたしの心を盗んだくせに」

「わっはっは」。

八月十八日（木）

快晴。仰向けの身体を下にずらして身を起こし、窓際の椅子に手を伸ばして立ち、外を見る。視野の八割が木々、二割が空。カイヅカの生垣の向こうは若葉色の竹、濃緑の楠、いちばん奥の欅は空に映った木の影のように見える。ここは標高六十メートル。海は足下にありオゾンがいっぱい。これまで生きられたのは空気のおかげです。
うとうとうと。目覚めてサイドテーブルに手を伸ばすと、氷片のいっぱい詰まった器。いつも溶ける前に取り換えてある。階段の上り下りで友治のふともも、パンパンになっているのでは。

夜、菫が来て、足の甲や裏をさすってくれる。冷たい骨ばかりの足に温かい手が幸せをくれる。仕事帰りにご苦労さま。

菫はなかなかの頑張り屋。高校のときマーチングバンドでロスの大会に行き、高熱を出した。それでも出場して吹奏したそうだ。友治がこれをイメージして一首詠んだ。
「どこまでも純金音が伸びてゆく　海岸通りのマーチングバンド」

八月十九日（金）
昨夜野球を見終わって、九時半に眠剤の舌下錠を入れる。すぐに効いたらしいのに十時半に目覚める。最初は四時間眠れたのに、もう効かなくなったのか。予備として別の眠剤が処方してあり、十一時に友治が来たのでそれを出してもらった。あまり眠くならないけれど、うつらうつら出来ればそれでよし。

喉はとても不快だけれど、強い痛みがないのがありがたい。もうろうとしている間に、思い出したのか夢を見たのか、或る場面が瞼に浮かんだ。九段の議員宿舎で友治の膝を枕にテレビを見ている私。お父さんが京都へ帰っているとそんなことをしていた。今日瞼に映し出されたテレビの画像は、なんと、三浦綾子原作の『氷点』。あんな真摯なドラマを、あんなジダラクな姿勢で見ていたかと思うと、恥ずかしい。

八月二十日（土）

午前、友治が鎌倉の眼科へ。十数年前鼻の奥のポリープ手術を受けた際左の涙のうを傷つけたらしく、そこが詰まって涙目になるのと、緑内障のおそれ。失明したらどうするの、片目で小説書けるのと言ったら、両目つぶっても美人の描写は出来るんやと威張った。

菫が来たので、スイカを持ってきてもらう。小さいとき教えたので、いわなくても塩をふってくる。おいしい!!

庭にもうカボスが実った。菫がそれをしぼり、水と蜂蜜を加え、持ってくる。香りはとてもよいが喉を刺激する。

菫はトイレ、お風呂の掃除、夕食の支度と大奮闘。体が弱いほうなので心配。友治の体も心配。などてかく憂きことの多かりき。

八月二十一日（日）

飲まず食わずでまだ生きている。脅威だ。

私はもはや人間ではない。骨と皮のスケルトン。

スマホで自分の写真を見ると恐ろしい。悪鬼だ。

にゅうわでやさしい顔にしてください。

死ぬに死にきれません。

神さま、私におかめのお面をつけてください。

小林看護師さんがおむつを敷いて、ベッドの上でシャンプーをしてくれる。洗剤、お湯をジャボジャボ使っても、おむつが吸収する仕組み。

おむつなるもの、お小水のためにのみ生きるにあらず、と思うと楽しい。

夜九時半眠剤。十二時よりうつらうつら、二時半完全に目が覚める。

八月二十二日（月）

細胞や組織の機能が全体的、漸進的に衰えて死んでゆく、これぞわが理想とする老衰死。

私の細胞や組織はいまだ命脈を保っている。何という強じんさ、何というしぶとさ。

私の身体を組成するすべてのものよ、頭を垂れて旅の衣をととのえよ。

さいわい、トイレへは這って行っている。これが出来なくなったら、どうか終わりにしてください。

喉、食道を通せんぼする包囲網。日に日にその網目がせばめられているようだ。

神さま、こんこんと眠らせてください。そして安らかに天国へ招じ入れてください。

友治の原稿

明子は日記帳のほかに雑記帳も残しており、そこに煮魚のレシピが記してあった。大原千鶴さんは、夢の中にだって来てくれるわけがない。それで彼女の話が出てすぐに、えいやっと書いたらしく、筆跡が走っている。表題は「カレイの煮つけ」とあり、以下原文のまま。

材料（二人分）

カレイの切身2切れ　長ネギ2分の1　白髪ネギ　針ショウガ

煮汁

しょうゆ、みりん各大さじ3　砂糖大2　酒大1　水50ml

作り方

①カレイの切身の皮目に、十字の切目を入れる。
②フライパンに煮汁を入れ、煮立たせる。
③カレイの切身を入れ、落しぶたをし、さらにフライパンのふたをして中弱火で6、7分煮る。
④煮はじめて3分位たったら5ミリ位に切った長ネギ（青い部分）をいれ、またふたをする。
⑤煮上がる1分前に煮汁をまわしかけ仕上げる。

明子が亡くなってから新たなことを試みる気が起こらず、まだ実践していない。それにこれ、二人分のレシピであり、ガールフレンドが一人もいない自分には適合しない。いつもどおりの二人分の記憶で書いたのだろうが、一人分だと、煮汁を作る匙加減も半分にすればいいのか？材料に記載された白髪ネギと針ショウガはいつどこで使うのか書かれていない。一番の問題は落しぶたである。考えてみると「落しぶた」なる言葉には何か玄妙なひびきがある。これをやると、くたっとした魚もぴんと活きがよくなる、といった効能があるのかもな。しかし、このふたは何のふたを使用するのか。台所を眺めたところ、ぴったりと思えるものが見当たらない。スーパーのレジにわりと美人のおばさんがいるから今度聞いてみよう。

八月十九日の日記に西瓜を所望したことが書かれている。骨と皮のスケルトンになってもまだ食欲があるのか。味覚をつかさどる器官は口腔にあるそうだから、そこはまだ健在でうまいものを記憶しているのだろう。

スキ焼の匂いが二階へ行くのは止めようがないけれど、食べられぬことの辛さを味わわせぬよう、なるべく食物の話は避けていた。それが「スイカ食べたい」といったので「ほかには」と聞いたら「トラフグ」と答え、「ああ、あのとき銭湯に入ればよかった」と話を飛躍させた。

七年ほど前二人で上野へ美術展を見に行き、浅草方面へ足を伸ばしたことがある。途中無性に銭湯に入りたくなり、ずっと以前都内の銭湯を入り歩いた一つが稲荷町にあるのを思い出した。何故その銭湯を知っているのか。その理由をたどれば相手のゲキリンに触れてしまう。それで中江は高校の友人と一度入ったことがあるとのみいい、明子を誘った。地下鉄に乗ってから提案したもので、稲荷町は次の駅、何しろ時間が短すぎた。彼女が「タオル持ってないもの」

と難色を示したのを「貸しタオルがあると思うよ。そうだ、銭湯から出た後、二人で歌をうたおう」「何の歌」「神田川」「おー」と調子が合ったところ、時すでに遅し、電車はガッタンと稲荷町を発車した。

中江には魂胆があった。風呂のあっちとこっちで混声合唱をやらかそうとしたのである。

その二年後、中江は『花の残日録』という長編を書き、明子とは果たせなかったその場面を創出した。主人公である「私」は癌を病んで先の長くない弁護士、相手の女は「真世」という名の私大准教授。以下はその場面。

私は入る前に、銭湯が未経験の真世に、「番台というものはね」と講釈をほどこした。「関西じゃ男女の脱衣を公平に見られる位置にあるが、こちらはかっこをつけて入口に向いている。江戸っ子はバカだねえ」「でも江戸の湯屋は混浴なんでしょ」「あっ、そうだった。真世さん、二人で肩を組んでデュエットしよう」「どんな歌?」「松原遠く消ゆるところ、というの知ってる?」「白帆の影は浮かぶ、でしょ。母の大好きな歌よ」。

番台のおばさんに二人分の入浴料とタオル代を払い、「君はあっち」と赤いのれんを指すと、真世は「なーんだ別々なの。がっかり」とずっこけるふりをした。

浴場は高窓からの明かりで湯船もタイルも眩く輝き、十人ほどの客がたてる物音が、ぼわーんとのどかに響く。シャワーを浴び簡単に体を洗ってから寝風呂というのに寝そべり、頃合いを見て一番大きな湯船へ足を入れた。そこにはさっき洗い場で彫り物が見えた禿げ頭の爺さんが入っていた。その刺青は赤鬼が青い大蛇に巻かれ眼を向いている図柄で、背中のたるみのせいで鬼の眼が泣いているように見えた。

私は爺さんの大蛇を怖れつつ、女湯に声をかけた。

「おーい、真世さん、聞こえるかい」

「……」

「いま、何をしているの」

「……」

「ちゃーんと、体洗いなさいよ。ちゃーんと」

真世が発したのであろう、「おっほん」という声が聞こえ、同時に鷲の爪に肩を摑まれた。くりからもんもんの爺さんだった。

「お前さん、女に話があるなら、向うへ行って直接いいな」

「すみません。だけど、あっちへはどうやって行くんです」

「そこのタイル、乗り越えりゃいいじゃねえか」

「その前に一つ、ご無礼、ご容赦願います。一曲歌うもんで」

私は大きく息を吸い込み吐き出すと、歌いだした。

「松原遠く　消ゆるところ」

三秒ほどして女湯が応えた。

「白帆の影は　浮かぶ」

続いて私が「干網浜に　高くして」

「鷗は低く　波に飛ぶ」と真世。

そうしていっしょに、

「見よ昼の海」

「見よ昼の海」

歌い終わると私はざぶんと頭まで湯に浸かり、十秒後浮上した。

「見事、見事」

爺さんが平手で頭を叩き、喝采してくれた。

「向うの女、カミさんかい」

「まあ、そのようなもんです」

「いい声だ。夜の声も聞きてえな」

爺さんは手の平を筒の形にし、中のお湯をぴゅっと私の顔へ飛び出させた。

銭湯へ入りたかったと話を飛躍させた明子、浅草行の場面は最近再読したそうで、「自分たちを思い出し、懐かしかった」と話した。

そこでその実話のほうであるが、終着駅で電車を降り地上に出ると、中江夫婦、とりあえず浅草寺へと仲見世通りに入った。軒に赤提灯を吊るし、毎日が祭りの夜店のような商店街。狭い道路は色んな人種でごった返し、きょろきょろしているうちに境内に着き、大鉢から濛々と上がる線香の煙を受け、本堂の賽銭箱に金を入れ手を合わせた。寄進したのは百円硬貨だったがてきめんにご利益があらわれた。スマートボールをやれとお告げがあったのだ。たしかこの界隈に週末だけ開く店があったはずだ。だいたいの見当をつけ、昼間もやってる呑屋街を抜けると、六区の通りに出、交番を見つけた。店の場所をたずねると、そこから五十メートルの所にあった。三十台ぐらいのスマートボールが二列と旧式のパチンコ台が一列、客は若い男女が二組しかいなかった。二人は中程に座り、それぞれ自分の懐から球を買った。二百円でピンポン玉より少し小さい水色の玉を五十個くれ、一個ずつ弾く。パチンコとちがってほぼ水平だから玉はのろく、釘に当たる音もどこか優雅である。当たりの穴は十個出るのと十五個の二種類があり、中江は三打目に十の当たりを取った。当たると台の天辺からガラスの上をドヤドヤと玉が転がり下りてくる。その一個一個がうれしそうな顔に見え、こちらもやる気が起こる。

減りもせず増えもせずが中江のペースであったが、隣は一度十五を当て「わおー」と雄叫びを上げ、それっきりがくんと静かになった。「ねぇ、コツを教えて」「直接真ん中に球を落とすか、右の釘に軽く当てるか、どっちか一つにしなくちゃな」この教えを実践したのかどうか、間もなく「友治のうそつき」の悪態とともに隣が破産。「台が悪いのかもしれないよ」明子は中江の左に移り、「もう二百円買おうかな」と、じつに大きな独り言をいった。ちょうど中江が出ていたので、「ほら、おすそわけ」と手の平二杯分を明子に渡した。これと同じ光景、神楽坂のマリーで何度眼にしたことか。

中江のほうは順調に出て、「お客さん、じょうずね」と店員のおばさんからほめられた。「景品、どんなものがありますか?」「ケイヒンないよ。ケイヒン出して、シャチョウさん、警察に怒られたよ」東南アジア系らしい彼女、ハロウィンのカボチャのような笑顔を見せた。中江は何だか無性にうれしくなった。景品のもらえないこと。これが純粋の遊びであることが。

明子が二度目の破産をし、「もらっていい」と小声でたずねた。「今度失敗したら、吉原へ売り飛ばすからよ」「わあほんとう。郭ことば、覚えなくっちゃ」今度は一個ずつ持ってゆき、それを打ってから次のを持ってゆく、その間隔もスローテンポになった。中江は隣の女と所帯を持って悪かなかったかなと、ふと思った。

こうした慢性的ロスにもかかわらず玉はどんどん増え、とうとうガラスを埋め尽くした。

「ゲーム・セット。どうもありがとう」

そういって店を出ようとすると、「ちょっと、まて」とおばさんが追ってきて、中江と明子に一個ずつスティックのついた飴玉をくれた。

それから二人は国際通りの裏にある料理屋へ足を運んだ。ここのフグはトラフグとそうでないもの、それぞれ天然と養殖とヴァラエティに富んでいる。中江は張り切って天然トラフグの鍋と刺身、それにひれ酒を頼んだ。ひれ酒の器にはふたがついており、それをとると電光石火マッチで火をつける。明子はちゃんと酒の上に炎が出たのに自分のは出ない。二杯目のひれ酒も同じ結果、「友さんって、不器用なひと」といわれ、負け惜しみをいった。「ちくしょう、大学入試も司法試験も二度目に受かったのになあ」

明子は「おいしいおいしい」を連発し、一句作った。

「ひと箸に　てっさ三枚　つまみ上げ」

中江も負けじと、

「キモ食うて　ぬしと宵寝が　してみたい」

ヴァラエティの富む店とはいえキモは出してくれない。宵寝はというと、そうだ、そこにホテルがあるじゃないか。

「国際劇場のあとのホテル、入ったことある？」

「ないわ」

「空室があるか、聞いてみないか」

「ツインの部屋、空いてないかもしれないわ」

「ダブルベッド・ルームじゃ、あかんのですか」

「さっき、電車が発車してお風呂に入れなかったでしょ」

「それ、何の関係がある」

「申し訳ございませんが、汗くさい方はお断り申し上げております」

「千鳥ヶ淵につづいてのお断りか」

「じゃんけんで決めましょう。一回勝負。勝ったほうに決定権がある、というのはどうお」

「いいだろう。一回で勝負がつかなかったら」

「ホテルはやめにしましょう」

中江は何の拳を出すか、ピーンと第六感が働いた。たいていのじゃんけんはこの直観力で勝ってきた。

「前口上はどうする？　最初はグー、でいくのか」

「ノーノー」

明子は眼を閉じ、口をもごもご動かした。前口上の練習をしたらしい。

「行くわよ」

「どんとこい」

「じゃんけんぽっくり下駄　日和げたばこは　おいしかろうそく　ぷっと消した」

これは何としても長過ぎた。中江はむかし列車に乗り、丹那トンネルの最中トイレに入り、出てきてもまだトンネルだった。おかげで自分が何号車に戻るのかわからなくなった。これと同じ原理で、何拳を出そうとしていたのか忘れてしまった。

中江はチョキを出し、明子もチョキを出した。引き分けだからホテル泊はやめである。

にもかかわらず二人はぜんぜんがっかりしなかった。半世紀ちかく前、二人で美ヶ原へ行っての帰り、麓の浅間温泉でバスを降りたときと大ちがいだ。あのときは二人ともエネルギーが充満し、宿へ向かう足の運びときたら奔馬のようであった。

その二人、店を出ると花屋敷を横目に通り過ぎ、六区も抜けて大通りに突き当たった。そこで明子がちょっと足をとめ「友さん、三浦哲郎の『忍ぶ川』読んだ」とたずねた。

「うん読んだ。何度も読んだ」

二人は業平橋の方へ歩きだした。

「初めてデートする場面に、志乃がいうでしょ。父によく浅草に連れてきてもらい、神谷バーに寄り、自分はブドー酒、父はデンキブランを飲んだって」

「神谷バーには何年か前こちらへナマズを食べに来て寄ったことがある」

「行きましょうよ」

「うん。それで結局、君は今夜素っ裸になるのか」

「何をいってるの」

「あの小説で一番好きなところ、男の郷里の雪国で初夜を迎えた二人のやりとり」

「それ、憶えているの」

「うん、一字一句」

「ねえ、朗読してみて」

「志乃はながいことかかって、着物をたたんだ。それから電灯をぱちんと消し、私の枕もとにしゃがんでおずおずといった。「あたしも、寝巻を着ちゃ、いけませんの？」「ああ、いけないさ。あんたも、もう雪国の人なんだから」志乃はだまって、暗闇のなかに衣ずれの音をさせた。しばらくして、「ごめんなさい」ほの白い影がするりと私の横にすべりこんだ。」

「おーおー、何て清冽なんだろう。わたしの好きなのは、初めてのデートに志乃の生まれた遊郭の洲崎を訪ねるところ。「わたしの母は、ここで射的屋をしていました。あたし、くるわの、射的屋の娘なんです」と告げるくだり」

「君の実家、深川だから洲崎とはすぐ近くだろう」

「深川に引っ越したのは大学生になってからよ。一度洲崎に行ってみたけど、もう娼家も射的屋もなかったわ」

『忍ぶ川』の二人、洲崎から神谷バーへと行き先を決めたのだが、そこでストーリーが二人の知り合った経緯に逆戻りする。都の西北の学生であった男が友人と料亭「忍ぶ川」にくりこみ、そこで仲居をしていた志乃を見て好きになるのだ。

この二人、洲崎から神谷バーへ赴いたのか、小説にはその場面が書かれていない。中江たちは、明子の望みどおりそこへ足を運んだ。中江は店を見回しながら、自分がその場面を書くとしたらどう書くだろうかと考えた。

店には当時の写真もかけられていて、規模は今と変わらない。バーというには広く、デパートの食堂の小型版のようだ。それに実際にデンキブランを飲んでみたが、何とも珍奇な味である。初めてデートした二人をここに置くのは、芽生えはじめた恋にはつや消しとなるのではと思われた。

「何でしょう、この味は」明子、天井を見上げて考え、空しく視線を落とした。

「ブランというぐらいだからブランディがベースになっているのかな」

「ワインも入ってる？」

「僧院で作ったリキュールも、たぶんな」

「口の中で万国旗が揺れている」

「うん、万国旗が喧嘩しているみたいでもある」

中江はマネージャーらしい男を呼びとめ、聞いてみた。

「デンキブラン、何と何をミクスしているの」

「申し訳ありません。私どもも教えられていないのです」

「一子相伝みたいなもの？」

「はい、そのようなことで」

少しして、「ねえ中江友治さん」とフルネームで呼ばれ、「は、はい」とつられて答えた。相手の顔がいやにかしこまっている。

「わたしヨーロッパに行きたい。元気になったらいっしょに行ってくれる？」

中江は反射的に背がしゃんと立ち、早口に応じた。

「もちろんだよ。行こう行こう」

「友さん、学生時代に一度行ったのよね」

「いや、卒業した年だよ。親父の鞄持ちでね」

「あちこち、回ったの」

「うん、何か国もね。ドイツではベルリンの壁、フランスではヴェルサイユ宮、ナポリはヴェスヴィオ山などを見た」

「わたし、モーツァルトのザルツブルク、ゴッホのアルル、プラド美術館のゴヤ、ジェームス・ジョイスのダブリンにも行ってみたい」

明子は、中江が物見遊山に出かけたと思ったらしい。その目つきが少しとろんとし、羨望の色が見えた。ここは彼女の誤解を解くために申しておかねばなるまい。「あれはね、ビジネスだったんだ」中江はそう前置きし、誇張もまじえて次のとおり話した。

ユーゴのベオグラードで列国議会同盟の世界大会が開かれ、日本の国会議員も七、八名が参加した。自分も親父の尻について会議場に入れてもらったが同時通訳がつかないのでチンプンカンプンだった。夜のレセプションにはチトー大統領が登場し、民主化路線で日本でも人気があった人の顔を遠くから眺めたよ。ユーゴの後七か国ぐらい視察に回った。一国二泊か三泊の駆け足の旅。昼間は各国の政治家との懇談、どこか一か所は名所をたずねる日程が組まれていたけれど、大使館での夕食が済むとホテルに戻り外へ出られなかった。

だいたい自分は昼間の観光にはとんと興味がなく、夜の巷を歩きたかった。アムステルダムの飾り窓、パリはサン＝ジェルマン・デ・プレのカフェ・ド・フロール、ここで前衛芸術家たちに会いたかった。リスボンはファドの聞ける下町の酒場、スペインはピカソの絵にあるヴァルセロナの娼婦の館。自分はこの一つとて味わうことが出来なかった。

さて、問題はこの旅の費用がどこから出たか、である。親父の分はむろん国費で賄われるが息子のは親父が自腹を切った。質素倹約を生き甲斐としているような親父が何かおかしいなと内心思っていた。はたしてその理由がヨーロッパに着いたその日に判明した。親父は大使館員に絵葉書を山ほど買いに行かせ、これを京都市民に発送する作業を、早速開始したのだ。その作業は親父も少々分担するがおおかたを息子にやらせた。一晩のノルマを百枚と設定し、「字は読みやすければそれでよい」といったがそんなに書けるもんじゃない。本文と宛名を書くのに五分以上かかる。おまけに本文は同じ文章だから、すぐに飽きてペンがまるで走らない。しかし、こんなしんどい作業をしてわかったことが一つある。あの親父が息子のために大枚をはたいたのは、近く行われる総選挙が危ぶまれ、新手の事前運動を打つ必要があったということ。それは、いまだに頭にこびりついてる本文にも表れていた。

前略、日頃は大変お世話になりありがとうございます。私、列国議会同盟世界大会と政情視察のためヨーロッパに派遣されております。こちらの物価上昇率は非常に高く、わが国の比ではありませんが、なおいっそう気を引き締め、物価安定のため尽力する所存でございます。遥か欧州より、ご尊家のご健勝を祈念して。

この絵葉書が効いたのか、一月後の総選挙において、定員五名の四番目で当選したしだい——。

話し終わった中江は、なお結論を加える必要を感じた。というのは、明子のヨーロッパ行は、体力的にとても無理だと思われるのだ。去年二度目の乳癌手術をしてから横になっていることが多く、食も細くなり、今日もトラフグを一人前しか食べられなかった。以前ならもう一人前平らげるほど食い気があった。

そこで彼女の欧州志向を薄めるために、あの旅行はいかなかったも同然であると力説しておこう。

「旧姓玉水明子さん」と中江は重々しく呼びかけた。「つまりあのヨーロッパ行はですね、ひたすら筆耕を強いられた旅、手にペンだこを作るだけの旅、戒厳令下も同然の外出を禁じられた旅、苦行僧が目隠しされて飾り窓を通過させられた旅、だったのです」

明子は、列挙されたいちいちの旅にこっくりとうなずき、それから「ご苦労さまでした」と優しげにいい、直後に大あくびをした。

もうヨーロッパへ、行けなくなった。
それどころか一滴の水も飲めなくなった。
アイスクリームも一個口に含んだだけで受けつけなくなった。
菫が買ってきた白桃も同じ。
冷蔵庫に残っていたマスカットも同じ。
西瓜だけ、まだ口に含むことが出来る。
西瓜だけが命をながらえさせている。
何という命か。
この命がいとおしい。
たまらなく、たまらなく、いとおしい。

7章

明子の日記
八月二十三日（火）

ここは風がよく通り、東京で暮らしていたときより何度か低い。冷房をかけるのはひと夏に四、五回だったが今年は毎日かけている。

朝、友治が窓を開けたら空気がいつもとちがう。「今日は涼しい？」「空は秋の気配だ」「どんな空か、描写してみて」

最近筆を持っておらんからな、と言い訳を先にしてからこんな描写をした。

「ブルー・ヘヴンに、ホワイトのたふさぎがちぎれ、たなびいている」

「たふさぎって、なーに？」

「ふんどしのことや。ちぎれているのは、これ一枚しか持っておらんからだろう」

「どうしてそう……」下品なことを、と言おうとして口をふさいだ。

午後三時、福本医師往診。血圧は平均より低かったのに、今日は上が一六〇もあるという。体温も三五度台だったのが三六度台になっている。死ぬ徴候ですかと聞いたら、リチャード・ギア風のスマイルを浮かべ否定された。喉の周りの詰まりが強くなっているから楽になりたいと、皮膚に貼る安定剤をお願いした。

夜、菫が来る。その前に電話してきたので、わざわざ来なくていいよと友治が言ったら、もう家のそばにいたらしい。体を拭いてもらう。

八月二十四日（水）

すずちゃんの苦しい生涯は、主イエス・キリスト、父なる神さまにお会いする旅であり、私の生涯は重荷をになっていただく旅であったような気がする。

自分の生涯を振り返ってみると、小さい頃からよい教師の教えを受け可愛がられ、また多くの人たちの友情と厚意を受けた。感謝の気持ちしかない。

でも、すずちゃんは苦しみばかり。本当に申し訳ない。

八月二十五日（木）

体ぜんたいが冷たくなっている気がする。それなのに、おでこ、くるぶしに冷えピタ、首に冷シップを巻かないでいられない。

ヨハネの福音書をつぶやく。

「わたしは世の光である。わたしに従う者は暗闇の中を歩かず、命の光を持つ」

詩篇をつぶやく。

「あなたの重荷を主に委ねよ。主はあなたを支えられる。」

教会の知人が心配して便りをくださる。画家である人は花のカードを自分で作り、また八木重吉信仰詩集を送ってくれる人、果物を送ってくれる人。ありがとうございます。

八月二十六日（金）

昼間、友治が滞在しているときに、感謝の意をこめて「足、ふとくなったでしょ」といった。

「うん、近々新しい商売始めるつもりや」

「何だろう、脚線美を活かした商売って」

「バカいうんで、ね。氷とスイカの運び屋だ」

私は発作的に真摯になった。

「あなた、もう貯金、少なくなってるでしょ」

「そんなこと、心配しなくていい」

「わたし、貯金持ってるのよ」

そこの戸棚の抽斗の一番上、といって貯金通帳を出させた。友治は通帳を信じられないのか裏返したりし、感想をいうのに、ことのほか声を震わせた。

「イソ弁時代の年収の四年分ぐらいあるな。こんなによく、へそくり出来たもんだ」

「そうじゃないの。京都のお母さんからすずちゃんのためにと預かっていたの。そのお金、菫ちゃんと半分こして」

「要らないね。菫に行くべき筋の金だよ」

「あなた、九十まで生きたらどうするの。お酒、一滴も飲めなくなるわよ」

「ちゃんと目算は立っている」

「どんなよ」

「著作権をだな、担保にだな、借り入れをするんだ」

「う、うっ」

笑いをこらえるため、私は仰向けの身を横へたおし、くの字にした。このアクション、大き過ぎた。友治は無言で部屋を出ていった。二日ぐらい訪ねて来ないかもしれない、と思っていたらすぐに戻ってきた。トイレに行ったらしい。

「俺の聞きたいのはへそくりがどのぐらいあるか、だ。ゼロならば、俺にも考えがある」

「どうするのよ」

「猫のゴロのミルクを半分にするとかな」

「食費と酒代にどれほど使ったか考えてよ。でも自分の葬儀代は残してあります」

「どこにある?」

「ディスハウスのどこかよ。明日にでも菫ちゃんが来たら渡します」

「あっそう」

八月二十七日（土）

きのう小林看護師さんにカンチョウをしてもらった。まだお腹にローハイブツが残っていたのだ。

水が飲めなくなってから頭が冴えていたのに急激にボケてきた。脳にまで血液がまわらないのだろう。漢字がパッと出てこない、どころかひねってもたたいても出てこない。カンチョウって「干腸」と書くんじゃなかった？

菫が来たので、預金通帳を出させたら、お父さんに使ってもらってという。

「二人で半分こして」

「お父さん、印税入ってるの？」

私は親指と人差し指でマルを作り、威勢よく「このとおり」といった。

「バッチリ売れてるんだ」

「早まらないで。このマルはバッチリじゃなくて、純粋のゼロ」

「お父さん、可哀そう」

「あなたも給料が安くて可哀そうだから、半分こするのよ。これ命令」

菫は、困ったような、はにかむような顔をした。小学生のとき子猫を連れてきて「ママ、この猫、どうしよう」といったときの彼女を思い出した。可愛かったなあ。

八月二十八日（日）

今日は友治のお姉さんの命日で、菫もいっしょに墓参りする予定だったが雨降りのため中止したとのこと。

お姉さんは十五年前に亡くなり川崎・生田に墓があったが、一人息子も去年他界し、妻のほうで新たに墓を作るという。それで友治が姉さんの遺骨を父母やすずの入っている金沢八景の墓に移したのだ。これで私が入れば五人となり、とても賑やかになる。

八月二十四日の日記に、すずの苦しい生涯のことを記した。友治には日記帳を見せていないからこの記述を知らないのだが、私を元気づけるためか、愉しい旅の思い出を語った。

私のまぶたにも、いくつもの楽しい光景がよみがえった。小学校の運動会で六人走って五番目なのにニコニコとゴールに入ったこと。自転車を覚えたての頃、十字路を全速力で突っ切るのでひやひやしたこと。葉山の電気屋さんからもらってきた白猫を彼女が「パオ」と命名し、「ふっくらして温かそうだね」と父親にほめられたときのうれしそうな顔。そして何よりも、自宅において病床洗礼を受けた日のすず。二〇〇四年二月十九日、庭の紅梅が八分咲きになり、陽の差し込む部屋に微かな甘い香りがした。牧師夫妻、教会の親しい人たち十人ほどの中、すずは洗礼の儀に臆することなく、はきはきと応答し、讃美歌二九八番「やすかれ、わがこころよ、主イエスはともにいます」をりんとした声で歌い、体をくっつけるようにして取った食事のあいだ、猫のことや好きな音楽のことを明るくしゃべった。

キラキラと輝く目、ピンクに染まった頰、高音部分が美しく虹を描くような声。

クリスチャンでもない友治がこの日の喜びを歌にしている。

「大きなる手の平の水満ちみちて　髪を濡らせり　はろばろと春」

八月二十九日（月）

口の中が荒れて痛い。口腔内の諸器官も弱って薄紙のようになっているのかもしれない。小林看護師さんに訴えると、しばらく考えた後、口腔ティッシュなんかどうかしらとのこと。友治に、ドラッグストアにあるようだから明日買ってきてと頼むと、今から行ってくると、止めるいとまもあらばこそ出て行った。もう夕方である。明朝いえばよかった。でも結局、口腔ティッシュは役に立たなかった。これを口の中へ入れただけで異物感に襲われる。折角買ってきてくれたのに、申し訳ありません。

友治の原稿

明子、生きていて何かをしたいという希望があるだろうか。あるとすれば、おむつをつける身にならないこと、ぐらいではないか。そのため日に三度ほどトイレに行っている。これ、喉の渇きにさいなまれながら砂漠を行軍するような苦行のように思われる。

明子の一切の希望は天上に向けられている。祈り、さらに祈り、確信に近い希望が生まれ、地上の苦難に耐える力を与えている。中江はこのように想像するが、信仰を持たないためか、遠く対岸を眺めている感を免れない。

前に記したとおり、中江は一年間実家に帰り母親の最後に付き添った。すぐ死に至るような悪い疾患は無く、ただ認知症を患っていて、被害妄想が間歇的に噴き上がる。食欲をつかさどる脳中枢が故障しており、やたら菓子を食べたがる。夜中にも食べるので、就寝前タッパ二箱用意しておくが宵のうちに平らげてしまう。しかし本人にその記憶がないから、空のタッパを見て激高する。「何や、人にものも食べさせんといて。さっさと東京へお帰り」と何度怒鳴られたことか。中江はそのつど「俺、二十年前に逗子へ引っ越したんやけどな」と発言の訂正を求め、「ほな、おやすみ」と母の部屋から逃げ出したものだ。

明子がこのように激することは一度もない。内心不安や腹立ちがあって当たり前なのだが、そんなそぶりはてんと見せない。心はいたって平安、身を処するに冷静であるように見え、感心させられる。

死んだときの処理についても、死装束を準備するだけではなかった。教会へ提出するノートに、信仰の来歴、好きな讃美歌、愛する唱句など記入して中江に渡し、葬儀は近親者と信者さんだけにしてほしい、友人知人には後に手紙で感謝の気持ちを伝えてほしいと雑記帳に名前を記した。

ただ一つ、明子の気づいていないことがあった。きょうかたびらと長手袋は用意できているが、足をどうするかである。菫も、足に何か履かせるかどうか、よいイメージが浮かばないらしかった。白足袋はドレスに会わないし、白いソックスは中学生みたいだし、そもそもご遺体って足に何か履いていたかしら。中江は、自分のときはどうかと考え、チャップリンがむしゃむしゃ食べていた長靴しか思い浮かばなかった。菫にこれをいっても通じるわけがない。

「棺に花を入れるとき、母さんの好きな黄色い薔薇で足元を埋めることにしよう。棺へは喪主が一番に足を運ぶから、ちゃんとやるよ」


朝の空に何筋か白雲がたなびくのを見て秋の気配を感じた。これを、ちぎれたふんどしに喩えたのは、相手をよろこばせようとの一心であったが、低空飛行が過ぎたようだ。

あの四、五日後だと記憶しているが、中江は定番のトースト一枚とミルクの昼食、食後三十分の昼寝を済ませ二階へ上がった。氷をサイドテーブルに置くと、いつもなら「ありがとう」の声が返ってくるのにそれがない。眼鏡をかけていて、レンズを覗くと瞼を閉じているようだ。顔色がよくない。指を鼻の下に持っていくと、呼気からくる微かな湿り気を感じた。やれやれ生きている。

中江は窓際の椅子に腰かけ、寝ているらしい人が目を覚ますまで滞在することにした。

ツクツクホーシ、ツクツクホーシ。

ひたむきに啼く一匹の法師蟬。聞こえるのはたったそれだけ。太古の森に、たったひとり、命の火を点滅させているのか。

中江はふと考えた。芭蕉が山寺で聞いたのは何ゼミだったろうか。ミンミンか、カナカナか、ツクツクホーシか。何であれ、そこは、蟬の声が果てしない静寂につつまれ、生も死も渾然と一つになった世界。

明子は「カナカナの　声青みゆく　夏のレクィエム」と詠んだ。自分と同じ、もういくばくもない蟬に託し、澄みきった身で安らかに死を迎えたいと希っている。

そういえばボードレールにこんな詩句があったっけ。「夏の真っ盛り、人はより深く死に誘われる」。

頽廃へと溺れゆく真夏の思念。錬金術師北原白秋はそれを、ほのかなノスタルジィにくみかえた。「かはたれのロウデンバッハ芥子の花　ほのかに過ぎし夏はなつかし」。夏の夕暮れ世紀末詩人のロウデンバッハを読んでいると、庭の芥子から阿片の微香がただよってくる。あのとき自分は甘美な死を生きていたのだと、白秋はほそいテノールの声を聞かせる。

この歌をそのまま音楽にしたようなのがマーラーのシンフォニー五番四楽章だ。ゆったりと銀色に絃の音が流れ、夏の北の森を縫い、純度百の青へと気化しつつ、果てしもなき高みへと消えてゆく。

今、これらの詩や音楽は中江の共鳴板に響いてこない。地上のもろもろ、とりわけ明子の死後自分がどうなるかを考えると、現実の「悲惨」が頭をもたげる。

悲惨とはどんなことか。思い返すと自身の身近にもそれはあった。たとえば親父。自分が中三のとき、落選中であったこの人は為替管理法違反容疑で警視庁に逮捕された。二年前、大学選抜の相撲選手を率いてハワイへ遠征する際、学生に不自由をかけまいと闇ドルを購入したのを、政敵が嗅ぎつけ地検特捜に注進したらしい。二十日間勾留され保釈と同時に今度は広尾の日赤に入院を余儀なくされた。胆のうを患っており四十日入院し、京都へ帰ってきたときはすっかり痩せて、学生相撲ＯＢが衣紋掛けみたいになっていた。

懇意だった弁護士の例。彼が五十歳のとき妻が亡くなり、一年後二十代の女性と再婚し帝国ホテルで祝宴を張り、一年後病死した。新妻が身ごもっているのを知りながら。

中江は自身を振り返り、あれはやはり悲惨であったような気がする。不倫が発覚し、週に一度洗濯物持参の帰宅のみ許された、あの件。日曜の昼、妻が教会帰りに買ってくるパンを食べ終わると、食卓の会話が以前の五分の一ほどになった。その気になればヒマワリのタネほどもしゃべれる妻は、基本的にだんまりをきめこんでいるし、娘たちもそんな空気を察し、食卓を一人去り、二人去ってゆく。すごすごと家を出る中江は、口笛でクワイ河マーチを吹こうとするが、顔の筋肉が作動してくれなかった。

だが、同じ悲惨といっても、妻の死後のそれは、毎日の起き臥しの中に常在するのではなかろうか。中江はいくつでも容易にその景色を想像できる。

たとえば朝、半分目覚めた状態で、もう少し寝ていよう、そのうち起こしに来るだろう、それまではと目をつむり、はっとする。もう誰もこの部屋には入って来ないのだ。

家には電気屋がくれたカレンダーがかけてある。月めくりの大判サイズで一日の桝目が三センチ四方、猫のゴロが来たときは必ずそこに彼の絵を描き入れる。「あら、ニャンちゃん、もう来たの」「朝六時にね」「これ、何をしているところ?」「蝶ネクタイをしているだろう。吉原の揚巻に会いに行くんだ」こんな会話、いったい誰とするんだ。

これは一年前の話。駅前のベンチで休んでいると、小綺麗なばあさんが横に座り話しかけてきた。「こないだもここで見かけましたわ」「高台で独居暮らしをしてるんで、気分転換にね」「それはおさびしいことで」「さびしいですよ」「わたしも、一人ですの。ねえ、ここへ来るのは何曜日とか決めてらっしゃるの」「ええ」「何曜日?」「あっ、忘れちゃいました」こんなやりとりを楽しむのも、妻あってのことだ。明子が死んで本物の独居老人になって「さびしい」とやったら、惨めなノンフィクションになってしまう。

あれっ、明子が目覚めたようだ。眼鏡をはずし、のろのろと顔を上げた。

「まだ、そこにいたの」

「うん、居ることは居るけど、俺、存在してるのかな」

「何か悪いこと考えてたでしょ。睫毛にクモの巣がかかったようよ」

中江はとっさに思いついた。そうだ、この機会にすずとの楽しいエピソードを話してやろう。

「いいこと、思い出してたんだ。すずちゃんとの」

「へえー、どんな。話して話して」

中江は「雲はそびゆる高千穂の」とひと節歌い、話しだした。これを、作文すると次のとおりとなる。

――すずが五年生の夏、わが家族は宮崎へ三泊の旅に出かけた。羽田の搭乗待合室の長椅子が第一章。隣り合わせたマッシュルームカットの男の子がすずに話しかけた。「おねえちゃん、どこまで行くの」「宮崎よ」「僕と同じだね」小学校三年ぐらいのその子はプラモデルの飛行機を手に持ち、「宮崎空港へ行きます。ブーン」といってすずの目の前まで飛ばし、にっこり笑った。人と話すのが下手なすずがめずらしく男の子に話しかけた。「その飛行機、自分で作ったの」「パパとだよ。でもパパ、用事が出来ていっしょに来られなくなったの。馬がけがをしたんだ」「へえー、家で馬を飼ってるの」「ちがうよ。パパ、馬のお医者さんしてるんだ」「そう、そうなの」「でも僕は飛行機のパイロットになる。おねえちゃんは何になるの」すずは右隣りの父親に顔を向け、丸い眼をまぶしそうにしばしばさせ、それでもちゃんと答えた。「まだ決めてないの」「おねえちゃん、学校の先生がいい」「どうして」「どうしても、どうしてもだよ」いいながら彼はポシェットから小さな銀色の包みを出し、「はい、チョコレート」とすずに差し出した。すずは困ったなあの顔を父親に向け、対して父親は「もらっておいたら」と応じ、男の子を飛び越して母親に「ありがとう」と会釈した。母親はもう一人、よちよち歩きぐらいの女の子を連れていた。

宮崎のホテルは日向灘を見晴かす立地にあるが、海辺は椰子の並木道を歩くだけ、岩礁が多くて泳ぎには向かない。敷地内には回遊式と子供用のプールがあり、フェニックスに原色の花々、緑の芝生が南国の彩りを添えている。

ホテルのラウンジでサンドイッチの昼食を取り、入室すると、ちょっと昼寝をしようと一同横になった。少しするとすずが「お父さん、起きてる」と小声でたずね、「どうしたの」「プールに行きたいの」「そうか」妻と菫はよく寝ていたので、一枚メモを置いてプールに出かけた。回遊式を眺めたところ大人でもぎりぎりの箇所がありそうだ。浮輪があるので、これですずを回遊させせよう。自分の泳ぎはそれについていけるだろうか。ここは自分も楽しようと、大型車のタイヤほどもある浮輪を借りた。

自分は右手を伸ばしすずの浮輪の端をつかみ、二人とも足をときどきばたつかせ、水に乗って流れてゆく。何周かして一度上がり、子供プールとの間にあるパラソルの下でひと休み。すずがほどもなく、また泳ぎたいと眼をくるくるさせた。ああこの子、こんなに快活だったんだ。「一人でだいじょうぶか」「うん」「ここを通るときは必ず手を振るんだよ」「うん、わかった」八月下旬の週日だったのでわりと人は少なかったが目を凝らしてすずの姿を追いかけた。すぐ目の前を通過するときは約束どおり手を振った。ここよここよといわんばかりに手を振った。そのうち自分は少しの間ぼんやりした。バルコニーの方から甘美な音楽が聞こえたのだ。あれはヘンリー・マンシーニだったかな。「お父さん」そんな声を聞いた気がし、あわてて眼をプールにもどすと、うつ伏せでない、仰向けの少女が通過するところだった。グリーンの水着、それが揺れる水に見え隠れし、黄色い浮輪、ちぎれるほどの手の振りよう、まさしくすずであった。彼女は、人のやりようを見て、お尻を浮輪の中に入れ仰向けに浮かぶやり方を自習したのだ。ああ何という伸びやかさ、何という屈託のなさ。

翌日の午前はみんなでプールに出かけ、前半は子供用プールで妻が娘たちに泳ぎのレッスンを、後半は自分が回遊式プールの娘たちを監視し、妻はパラソルの下で読書と居眠り。午後はまた前日と同じ、昼寝から早く覚めた自分とすずが先にプールへ降りた。目当てのパラソルまで行くと、すずが「あっ、きのうの」といって手を振った。搭乗待合室にいた母子がそこにいて、男の子は手を振り返し、母親も軽く頭を下げたが、下の子がむずかって困っているようだった。眠いらしくて、「おうち、おうち」と半泣きの声。

「私でよかったら、息子さん、見てますよ」

「でも、そんな……」

「わーいわーい」息子が歓声を上げ、申出人の自分が強くうなずいたので、母親もその気になり、部屋へ引き上げていった。

「君、泳ぎは出来るの」「僕、出来ません」午前のレッスンで自信を持ったのか、すずが「こっちで泳ご」と少年を子供プールへ引っ立てた。そして、まず顔を水につけてバタ足することを教え、それから彼の両手を持ち、後退しつつプールを回りはじめた。おお、すずがインストラクターをやっている!!　半時間ほどして二人が上がってきた。「おしっこしたいって」「トイレ、あっちだよ」走ってゆく少年を見ながらすずが「ソフトクリーム食べたいんだって。お父さん、お金持ってきた？」「持ってるけど、彼のお母さんに聞いてみなきゃね」ちょうど息子がもどったところへ母親が様子を見に来た。ソフトクリームの件を話すとお金を取ってくるというので、心配ご無用と手を振り「チョコレートのお礼です」と言い添えた。母親は礼をいい、「娘が寝ておりますので」と部屋に戻って行った。すずに二人分のソフトクリームを買いに行かせ、その間に少年とこんな話をした。「名前は何ていうの」「ハヤト」「どんな字」「こんな字」こちらの手に「隼人」と書き、「おねえちゃんは」と聞いた。「すずと平仮名で書くんだ」「すずってやさしそう。やっぱり、すず先生だ」。

しばらく休ませ、いいよというと二人はまた子供プールへ。すずが浮輪を持っていき、これを彼にさせてすずが引っ張り、こちらの前を通ると手を振る。そのうち自分は頭がぼうっとしてきた。夏の名残の陽光、絶え間ない潮風、きれぎれに聞こえる甘美な音楽、そんな中であの夏のすずが瞼に浮かんだ。アサリを取ってはこちらへ走ってくるすずの姿が、忘れもしないあの薔薇色の夏が……。

「ヤッホー、ヤッホー」

ふと我にかえると、隼人少年が大声を出し、すずが手をひらひらさせていた。隼人は尻を浮輪の中に入れ空を向く。楽ちんスタイル。すずがそれを押しているのだが、歩くのと足を蛙泳ぎにするのを混ぜ、それが一つのテンポになっている。楕円形のプールの、一番向うを通るときも、リズミカルな動きがはっきり見えた。二人は海辺の青く澄んだ空気をイルカか何かのように呼吸している。

音楽が耳に入った。「ファシネーション」だ。オードリー・ヘップバーンとゲーリー・クーパーのロマンチックコメディの主題歌。映画の邦題は『昼下がりの情事』などと下品であったが音楽は素晴らしかった。

さっと、中江は椅子を起った。そしてプールの端ぎりぎりに立った。1、2、3、1、2、3。ワルツに合わせ腕を振った。1、2、3、1、2、3。二人が前を通るときは、踵を上げ、飛び込みそうなほど前傾し、手のタクトを振った。

「ヤッホー、ヤッホー」隼人少年が叫び、すずが泣きそうなぐらい顔をくちゃくちゃにして笑った。中江は曲が終わるまで、腕を振り、振りつづけた——。

八月二十九日の日記に、口腔ティッシュを、夕方なのに友治が買いに行ってくれた、とある。この記述は、友治が献身的な介護人であるとの印象を与えかねない。そう思われても敢えて否定はしないけれど、ちゃんと書いておかねばならない。

この日はめずらしく人の出入りがあった。朝から薬局が薬を届けに来、ガス会社が予告通り器具などの点検に、近くに住む明子の友人が見舞いに来て、玄関で押し問答になった。どうしてもひと目会わせろと粘りに粘る。本人の堅い意思なんです、弟でさえ断っているのですからといっても一歩も退かない。何だか決死的な覚悟で来たようで、通そうかと心が折れそうになったがこちらもエコジになった。「もう一回同じことをいったら一一〇番しますからね。ウーウーウー」サイレンの真似をしたらやっと帰ってくれた。中江はこの対応にくたびれ果て、買物に行く予定を中止した。

昼食もミルク一杯で済ませ、氷を二階へ運び終わると、あとは階段を降りる余力しかなく、自分のベッドに倒れこんだ。何と二時間も熟睡し、目が覚めた十五分後、三時きっかりに看護師さんが来た。そして、およそ一時間、清拭、洗髪、雑談などし、中江に対しては口腔ティッシュのアイデアを教えた。

午後四時、昼寝で元気を回復した中江は、早く早く、善は急げという自らの声しか耳に入らなくなった。「善」とはむろん口腔ティッシュを入手することであるが、もう一つあった。これ、白状すると松坂牛の肩ロースを五割で買ってくること。

二十九日はスーパーの「肉の日」である。そのことが朝目覚めてからずっと頭にあり、明子の友人にスッポンのように食いつかれたときも、午前中に出かけたかったためパトカーのサイレンを喉が鳴らすのを禁じ得なかった。

さて、今の時刻に目指す特売品が残っているかな。中江はタクシーを呼ぶかどうか思案した。バスとどちらが早く駅前に到着するか。タクシーは駅前から来るので、混み具合によってはけっこう時間がかかる。それに五割引きの肉を買うのにタクシーを雇うのは経済理論的に何だかおかしい。結局バスに乗ることにし、スーパーを先にしたい衝動を抑えドラッグストアに入り、これこれをというと、店員がてきぱき対応してくれた。そこからスーパーまでは百二、三十メートル、必然、前のめりになる姿勢をそのままに、百メートル走者のようにスーパーにゴールした。

はて、これはどうしたことか。陳列棚のどこにもそれらしき品が見当たらない。「肉の日」のプレートは下げているのに、まるで華やかさがない。このスーパーは陳列スペースとは別に肉の注文を受けるコーナーを設けており、誰かいませんかと呼ばわると、奥から白衣をつけたおやじが出てきた。「ブッチャー」と呼びかけたいような体軀をしている。中江が希望の品をいうともみ手しながら答えた。「申し訳ございません。売り切れてしまいました」「ひと足、遅かったの」「いいえ、昼頃に」「売り切れ、というのは品切れということ?」「はあ?」「店頭に無くても、冷蔵庫に残ってるんじゃないの」「いやー、そのう、じつは販売量が決められているもんで」「農水省が決めたの」「ひやー、まいったな。肩ロースの切り落としならありますが」「肉の日のサービス値段で出してくれるの?」「はあ、そうさせていただきます」

つい買ってしまったが、切り落としはスキ焼に使えるのだろうか。帰路そんな疑問が頭に浮かび、妻に聞いてみることにした。

いやいやちょっと待てよ。家に着く前に、中江の脳裡をこんな考えが過ぎった。折角口腔ティッシュを買いに行くと家を出たんだ、肉を携えて戻るのは外出目的をあいまいにしはしないか。この際肉のことは黙っていることにしよう。もしも彼女が今日がその日だと気づき、「お肉、買ってきた」とたずねたら、「あっ、そうか、肉の日だったのか」ととぼけることにしよう。

口腔ティッシュは、早速試みられたが不快感を味わっただけのようだ。口中にひろがる痛みを和らげるどころか吐き気をもよおしたようだ。明子の眼に涙が光るのを見て、中江はたまらない気持ちになった。何とかしてやれないものか。医師も看護師もなす術がないのなら、ただただ眠るしかない。

夜間も二時間おきに氷を運んでいたのが、二時間半、三時間の間隔になった。当初、運んだあと眠れないと体がもたないと考え、横になるとすぐ腹筋運動をやることを思いついた。腹筋運動といっても、仰向けにはなるけれど、上半身を上げ下げするあれではない。あれは腰に負担がかかりギックリ腰を誘発する。中江のは膝を立てて頭を枕につけたまま腹をへこませふくらませるのである。これを五分間やると、血液が腹にあつまり頭が空っぽになり寝つくことが出来る。途中で眠くなることがあるが、考えてみると眠くなればそれでいいわけだ。

そのうち、寝つくコツを覚えたのか、四分間の体操で寝つけるようになり、さらにそれが三分になった。体に疲労がたまってきているせいかもしれないが、それがさいわいしているとすれば、それこそさいわいだ。

このような変化につれて睡眠時間も長くなった。初め一時間五十分ほどで目が覚めたのに、それが二時間、二時間十五分、二時間半と延び、ついに二時間五十分に達した。つまり三時間おきの運び屋へと堕落してしまった。

だがさいわいなことに、大した不都合は生じなかった。氷をテーブルにおいても目を覚まさないことが多くなったし、導眠剤を使用してからはなおさらで、そのうえ秋へと向かい氷の解けようがゆるくなった。

8章

明子の日記

八月三十日（火）

福本医師往診。口腔の痛み、栗のイガを口の中に入れられたような痛みをうったえる。鎮痛作用のある安定剤を貼るよう言われる。呼吸が苦しくなれば酸素吸入の処置もあるそうだが、まだちゃんと息をしている。

「先生、癌の痛みは起こりませんか」

「それはないでしょう」

私、どれほど安堵したことか。

午後四時半、友治に安定剤を貼ってもらう。ふざけて唇に貼るマネをしたので、「そこはまだ早い」といってやった。彼が薬剤師に確認したところモルヒネを含有しているそうだ。友治が、原料を同じとする阿片がいかに心の平和をもたらすか講釈し、「君も楽になるよ」と言った。自分が試してもいないのに、よく言うよ。でもありがとう。

夜、董が新しい下着を用意して持ってきてくれる。これで天国へ行く準備完了。

八月三十一日(水)

よく眠れない。舌下錠が溶けず残っている。

明け方氷をとろうとして容器を引っくり返し、ベッドとパジャマを濡らしてしまった。ヨタヨタと、あっちにこっちにと手をつきながら、ベッドの濡れたところにおむつを敷き、パジャマを着替えた。

朝、友治に話すと、なぜ電話で知らせないんだとおこった。互いに電話の子機をそばに置いていて通話できるのだが、「子機の使い方を忘れた」というと、友治が自分のを持ってきて、二人で実験した。

「ハローハロー、明子さん、聞こえますか」

「同じ部屋にいては、電話の声かどうかわかりません。廊下に出てください」

「アローアロー、シェルブールのドヌーヴさん」

「ウイウイ、そのようよ」

「彼女にしては声が可愛くないな」

「そちら、ドロンさんにしては声がおじいくさいな」

「ほな、さいなら」

「アデューアデュー」

まだ冗談がいえる。まだ生きている。

九月一日（木）

寝ていても窓の上部に空が見える。午前は絹糸のような雨。午後は淡いブルーの、薄雲か透明かわからない空。何だか心ぼそい。

友治がスイカをうんと小さく、文字どおりサイコロ・サイズにして持ってきた。このほうが口にやさしいと考えたのだろう。ぶきっちょな彼が……有難いことだ。

口のイガイガ、よくはならないが、癌より発する激痛がないのは、救いである。

このところ、友治の愛読書『山頭火句集』をぱらぱらめくり、気持ちを和ませている。

「春寒の　をなごやのをなごが　一銭持って出てくれた」

「おちついて死ねさうな草萌ゆる」

九月二日（金）

雨模様で涼しい。

氷が痛い。スイカを少々。

辞世の句
正岡子規

「をととひのへちまの水もとらざりき」

へちまの水とはへちまの茎からとった水で、痰を切る効果があるそうだ。をととひ（一昨日）は十五夜で、この日は効き目がとくにあるといわれているのに、飲むのを忘れてしまったよ、と子規は笑っている。死を目前にして何という豊かな感性。私もこうありたい。

種田山頭火

「もりもり盛りあがる雲へあゆむ」

坊さんである山頭火は雲の向こうに西方浄土を見たのかしら。私は雲の果てに天国を見る。すずちゃんがそこにいる。

私の辞世の句は二句。

「おもひおくことはない西瓜の塩」

「氷を含んで　死を待っている」

九月三日（土）

菫来る。ベッドのシーツと枕カバーを替えてもらう。気持ちよい。口のイガイガがとれない。庭のカボスを切ってもらい、香りをかぐ。すがすがしい。

今年はカボスもレモンも豊作だそうで、「売って金にしようや」と友治。「スーパーにおろすの」と聞いたら「荷車を引いて売り歩くんや。俺が小学生のときな」と言って話しだした。友治の家は京大のそばにあり、吉田山の麓に住む中学生が制服で荷車を引いて野菜の行商をし、その姿がりりしくて、お父さんが買いに出て、ぎょうさん買ってお母さんに叱られていたそうだ。「そんじょそこらにいないほどの美少年やった、町内対抗野球大会で優勝したチームのエース。彼にくらべたらエンジェルスのショウヘイなんか、いものヘタやがな」

九月四日（日）

病の窓から見えるのは、濃すぎるほどの青空、梢の金色。窓を開けてもらい風のめぐみを受ける。

モルヒネのせいか、頭がぼーっとしているが、今日が最後の礼拝と思ってユーチューブに耳をそばだてる。

お祈り。

「主のうけたまいし　みくるしみの　ふかさをいかでか　はかりうべき　ただそは我らの　つみをゆるし　けがれをきよむる　ためと知る　アーメン」

海浜クリニックの先生方、双葉会の看護師さんたち、大変お世話になりました。

友さん、菫ちゃん、ありがとう、ほんとにありがとう。

感謝です、感謝です、それしかありません。

九月五日（月）

まだ這ってトイレへ行けている。

小林看護師さんに足の爪を切ってもらう。シャンプーはしんどいのでことわる。

もうトイレはやめにしたらと説得される。うなずいたような気もするが、「はい」とは言わなかった。

九月六日（火）

口の中、首のまわりまで物がつまったようで苦しい。

のどが苦しい。

胸が苦しい。

胃が苦しい。

手足がしびれている。

睡眠薬もあまりきかない。

ぐっすり眠りたいなー。

九月七日（水）

朝から何度も目ざめ、苦しい。

早く神さまの時が来てほしい。

お祈り。

「主よ　わたしはあなたに呼ばわります　すみやかにわたしを助けてください　主よ　わたしを安らかにおらせてくださるのは　ただあなただけです　アーメン」

友治の原稿

口の渇きをわずかに癒してくれる氷片。それもさせまいとするイガイガを何とか和らげてやりたい。安定剤に含まれる鎮痛作用、その成分であるところのモルヒネ、つまり芥子の実に望みをかけるほかない。中江はそう考え、明子に対しその効用を弁じた。

といっても自分は芥子を原料とする阿片を経験したことがない。以前小学校の級友がタイに赴任していて仲間たちと訪ねることになり、旅程にチェンマイなども含まれていた。急な刑事事件が入り中江が参加できなくなると、リーダーが「何か欲しいものは」とたずねた。「友達甲斐があるんやな。それじゃ阿片を頼む」「手に入るかな」「ゴールデン・トライアングルのそばに行くんだろ。俺、キセルは自分で用意しとくから」「わかった」リーダーは律儀にも旅から帰るとすぐに事務所へやってきた。「これ、お土産」「ありがとう」小銭入れほどの袋に入ったそれは、手の平の中でカサカサいった。「阿片はペースト状と聞いたけどな」「それ、サフランや」「なに、サフランだって。キセルで吸うたらどうなる」「黄色いくしゃみが出るんとちがうか」二人は事務所の窓が割れるほど笑った。

そんなわけで中江の阿片知識は受け売りに過ぎず、明子には二冊の本を朗読するにとどめた。

一つはグレアム・グリーンの『インドシナ日記抄』(田中西二郎訳・早川書房)

「わたしの阿片経験は、一九五一年の十月に、アロン湾へ行く途中、ハイフォンに立ち寄ったときに始まった。一人のフランス人官吏が、夕食後、裏街の小さなアパートへつれて行った……アヘンをつけた針を煙管の火皿に差し込み、火皿を裏返して焔にかざした瞬間から、一服のアヘンを吸い終わるまで、十秒とはかからない……二服吸うと、わたしは何となく睡気をおぼえ、四服すったあとでは神気とみに冴えて、しかも沈静した――不幸とか未来への恐怖とかは、何だか昔は大したことに思ったのをおぼろげに憶えているといったようなものになってしまった」

もう一つは開高健の『ロマネ・コンティ・一九三五年』の一篇「飽満の種子」（文藝春秋社）

「この煙りは一杯の強い茶に出会っても散ってしまうくらい敏感で、それゆえに気まぐれであった……ただのびのびとよこたわって澄みきった北方の湖のようなもののさなかにありつつ前方にそれを眺め、下方にそれを眺める。おだやかで澄明な光が射し、閃きも翳りもなく揺蕩している。それほど淡麗な無化はかつて味わったことがなかった」

中江は本を閉じる前に、「そうそう」といいながら、しおりを挟んでおいた頁を開いた。

「開高氏いわく、阿片は満腹、酒精、牛乳、雑音などに対してはそっぽを向くそうだ。心配なのは酒精だな」

「どういうこと？」

「君はまだおしっこに行っている。もし体内にアルコールが残っていたら、モルヒネが効かないかもしれないからな」

「まさか……あっ、そうだ、残っているわ」

「ほんとうか。いつ飲んだ？」

「初めて飲んだウイスキーよ。新宿花園町のバーであなたに飲まされた、あれ」

「ふーん。あれが残っているんなら、まだおしっこが出るな。君、おむつしたほうがいいよ」

「やだ」


八月三十一日の日記に、舌下錠が溶けなくなった、とある。これが溶けると自然に口腔内で吸収され睡眠へと導かれるが、そうはいかなくなった。口の中の諸機能が衰弱してしまったのだろう。看護師さんに話したらすぐに医師に連絡、医師から座薬に変える処方が薬局へ、薬局はバイクでわが家へと、じつにスピーディな連携であった。

座薬の処置は当然自分の仕事であると、中江は早速実行に着手し、さやに入った中身を取り出した。

「それ、わたしにちょうだい。あとは自分でやるから」

「遠慮しなくていいよ。俺、やるから」

「自分でやるんです。どうもありがとう」

中江はすごすごと引き下がった。おむつを拒否したり、座薬に対するこの態度など、突っ張り方が一貫している。いやはや、強情な女であることよ。

翌日の夜だったたか、座薬をさやから取り出すのに手間取っていると、明子が「おー」と感心したような呆れたような音声を洩らし、こういった。

「友さんって、ぶきっちょ」

中江はむっとして言い返した。

「そのとおりだよ。だから俺、介護には一番向かないんだ」

すると相手は、肉がついていたらあどけなく見えるかもしれない、今は骨が笑っているような顔で「向いているわよ。ぜったい向いてるって」といった。

それから数日して、よく眠れない、すぐ目が覚めてしまうとうったえるので、そのとおり看護師さんに伝えると、「座薬、ちゃんと使ってますか」と本人に聞き、「はい」と答えていた。看護師さんは合点がいかないのか首を傾げ、「ちょっとみてみますからね」とことわり、ちらっと中江の方を見た。中江は寝室を出て、看護師さんの務めが終わるまで一階の居間で待ち、四十分後降りてきた彼女に「どうでした」とたずねた。彼女は指を二本立て「思ったとおり残っていました」「二コも」「はい」。

中江は記憶が新鮮なうちに二階へ上がった。

「聞きましたよ、聞きましたよ」

夫の言葉に対し、明子は手で払うような仕草をした。その手ぶりがいかにも弱々しい。座薬をちゃんと入れられないほどに体が弱っているのだ。はたして彼女、この状況を素直に認め、今後夫の介入を受け入れるだろうか。

結論をいえば、中江が座薬に全的に介入する事態は起こらなかった。翌日は看護師さんが来てくれ、その翌日からは菫が泊まり込み、座薬の処置をしたからだ。

さて、日記の中に出てくる語句でいちばん厄介なのが「天国」の二字だ。信仰者でない中江でも自分の町にあるがごとく気安く口にするが、では実体はというと、その輪郭さえ見えない。明子の所属する教会の教理問答集に次のとおりの問答がある。

問「神とキリストが供におられる天とはどこなのでしょう。この地上とどのように関わりがあるのでしょう」

答「天とは、物理的な空間のことではありません。天は象徴的な表現です。人間の言葉では言い表すことのできない超越の世界です。そこが天です。永遠の世界です。しかも私どもが住む地上の世界と絶対的に隔絶して無関係のままというのではありません。主イエス・キリストがそこから来られ、そこへ赴かれたのですから……私どものすみかが既に整えられていることを信じ、自分の命もまたそこにあることを望みとすることができるのです……」

この教会はキリストの復活にちなんで、亡くなった信者の家族に色紙を贈るならわしであるらしく、これに添えた文書にこう書かれてあった。

「既に眠りについた愛する者を、しかしいつか必ず、キリストが永遠の命へと目覚めさせてくださいます。その甦りの朝の光の中で仰ぎ見る神の御顔は、どんなにか喜びに輝いていることでしょう」

この二つの文章だけではさっぱりわからない。明子が買い集めた信仰関連の本は今後の処理に困るほどある。これらを片っ端からめくってみるが、天国を描写した頁はどこにも見当たらない。それはそうだろう、そこが人間の言葉では表せない超越の世界であるのなら、想像する前に脳を閉じるしかない。

でも、何とかして天国をイメージしたい。明子とすずが再会する場面を瞼に浮かばせたい。

これが仏教だと、天国の具体例を眼にすることが出来る。たとえば奈良国立博物館の「阿弥陀浄土曼荼羅」。中央にでんと座した阿弥陀仏。清水寺の舞台と東福寺の通天橋を組み合わせたような朱塗りの楼閣、たぶん女人であろう楽器の奏者たちの美麗なこと。阿弥陀さまは醍醐の花見の太閤よりもご満悦の態。ここへはぜひとも行ってみたいと、誰しもが思うだろう。だけど、こういう天上界は徳を積んだ人しか入れないそうで、急いで仏教徒になっても入れてはくれまい。

中江は長い間、創世記のエデンの園を潤色し、天国をこんなところと想像していた。花咲き、鳥歌い、果実のたわわに実る高原の楽園であると。

しかしこんな天国は空想に過ぎず、実際はどうであるのか客観的に知りようがない。何しろ、あちらの住人になった人がこちらに帰還した例が地球上に一つもないからだ。

死後の世界へ、唯一の手掛かりになりそうなのが臨死体験、すなわち死の川のほとりまで行

った人の体験談で、これをもとに立花隆が『死はこわくない』なる本を書いた（文藝春秋社）。一部を引用すると、

「臨死体験者の多くは、自分の体から心が抜け出して、天井付近から自分の体や周囲にいる人たちを見下ろしたりする体外離脱を経験します……典型的な臨死体験では、体外離脱の後、そのまま心はトンネルを抜けてまばゆい光に包まれた世界へ移動して、美しい花畑で家族や友人に出会ったり、超越的な存在（神）に出会ったりする。」

遠藤周作は著書『死について考える』（光文社文庫）の中でこう述べている。

「我々が死ぬと、神の永遠の生命の中に戻る、とキリスト教では考えています……今まで長い間、神は外にあるものとして人間がそれを仰ぎ見るという感じでしたが、死によって人間はその大きな生命の中に戻って行く……臨死体験者のなかには、大きな光の中に入って行った経験を味わった人がいましたが、この光が永遠の生命の中から差して来るというふうに考えてはどうでしょうか。」

明子はその日記において、朝焼けの淡いピンクの空、あるいは夕焼けの熟柿色の空に天国を想像し、そこで娘のすずにきっと会えると、つよい願いを込めて綴っている。

天国は光の中にあるらしい。中江も何となくそれは納得できる。

ただ、それだけにはとどまらず、ついあれこれと現世的な発想で考えてしまう。

第一に、天に音楽は存在するのだろうか。もし光だけがあって音楽がないとすれば——たと

えばモンテヴェルディの「聖母マリアのための夕べの祈り」が聞けないとすると、どうだろう。あの聖らかな調べによって、光が人の胸に差し込み、祈りがより深くなる、といったことが起こらぬのでは、と心配になる。

天に上げられた人はどんな姿をしているのか。もう肉欲は無いはずだから裸でいてもよいわけだが、肉体美を誇らぬように見てくれを平準化する、ずどんとした衣をまとうのではないか。同様に人の顔も平準化され、みんな同じ顔つきの、のっぺらぼうに変えられるのではないか。顔に個性があり、表情に感情が現れると、好悪の気持ちや余計な気遣いが生じ、それでは地上とかわらなくなるだろう。

だがこれは困る、非常に困る。みんな同じ顔をしていたのでは、明子とすずは再会の相手がわからず途方に暮れるばかりだ。

中江がいちばん気にかかるのは、地上の記憶がどうなるか、である。あちらに入る際、これが遮断されるとすれば、再会ということ自体成り立たなくなる。そうでなくて、記憶を保持しているのなら問題はないが、記憶には悪いものもたくさんある。人間、天に上がってもそんなものに悩まされるのか。

それよりも、肉体が滅び脳も滅びてなお、記憶が残るものなのか。この点がさっぱりわからない。完全にデッドロックだ。こうなったらバンジー・ジャンプやるしかない。

そうだ、人の命が神の命の中に戻るとき、よい記憶だけがそれに随伴すると解してはどうだろう。

これ、何の根拠もないけれど、とにかく娘との再会の夢を叶えてやりたい。

明子が亡くなってまだ間もないとき、同じ教会の信者で画家でもある婦人が一枚の絵を送ってくださった。自作の八号ぐらいのアクリル画で、空と見える空間を飛ぶ二人の女が描かれている。

ここにも光がある。光度もさまざまな大小の星々と、麓の陸らしい起伏にぽつぽつと点る灯火。中江はふと画集で見たゴッホの油彩「糸杉と星の見える道」を思い出した――一本の巨きな糸杉。根元から何本もの枝がびっしり重なり、くねくねうねりながら天へ天へと伸びてゆく。そのさまは焔が身をよじって燃えさかろうとするようで、その穂先は尖塔となって天に突き抜けている。空は深く青く、暗く青く、この世ならぬ、宇宙の根源的なたたずまいを見せている――。

いただいた絵の空の青さがゴッホと同じであった。ただの夜空ではない、地上から眺める星空とは異質の、森厳な、宇宙の静謐と奥深さを暗示するような青。

そのなかにあって、一人はピンク、もう一人は淡いブルーの、どちらも裾まである伸びやかなドレスを着、ピンクは右上から下降、ブルーは左下から上昇し、その角度は四十五度くらい。二人とも花束を高くかかげている。

星々の放つ光は空全体としてはぼんやりしている。それに人を側面から描いているので表情は定かではない。

けれども二人の女が合流点を目指し飛行するさまは、天へと向かう糸杉と同じほど力強い。二人とも足は裸足である。どちらも、全身がまっすぐに伸び、躍動感に溢れ、あとわずかで花束が一つに合わさりそうな、そんな二人の気息。

ピンクは娘のすず、淡いブルーは母の明子。二人がこの瞬間をどれほど待ち焦がれていたか。この作者はそれを自身の胸にひびかせ、描いてくれたのであろう。


明子の日記は九月七日で止まってしまった。この日と前日は「苦しい」としか書けなかったようだ。

上が一六〇あった血圧が一〇〇ほどに下がり、脈拍数は三五回、血中酸素濃度が危険値である九〇になった。九月五日ぐらいから口数が少なくなった。苦しさでしゃべれないのか、我慢強いのか、口に出してうったえはしなかった。だから後に日記を読んでそれを知り、中江は感謝の念で一杯になった。苦しさをうったえられてもやりようがなかった。モルヒネを含む安定剤にしても、使う間隔が決められていて、それを短くするのはとても危険だからだ。水は依然三時間おきに運んだが、容器に溶けた水を見ると、手を触れていないようであった。体を動かすのも大儀だったんだろう。

九月八日、この日口を利いたのが最後の会話となった。二階に短期滞在中、中江がふと気づき、切り出したのだ。

「今日は九月八日、明子さんの誕生日。八十二歳、おめでとう」

「いわないで、いわないで」

「えっ、どうして」

「一つでも若く死にたかったの」

「この齢になっても?」

「中原中也は三十で没したわ」

「ああいうのは夭折といって、死が惜しまれる」

「わたしも夭折したかった。一冊の詩集を残して」

「八十一で夭折と呼ばれるには、人類の平均寿命、三百歳まで延びなきゃね」

「ねぇ、わたしの中原中也論、冒頭部分だけ読んでくれない」

「ああ、卒論だね」

中江は明子の本箱の底に眠っていたそれをさがし出し、埃を払って目覚めさせた。

「玉水明子著『中原中也の詩と真実』。朗読は、その頃今以上に赤の他人であった中江友治」

そう前置きし、六十年前へのノスタルジーをこめて朗読した。


それは寒い朝であった。私は冷え冷えと乾燥しきった空気の充満した部屋で一冊の詩集を手にした。河上徹太郎編『中原中也詩集』（角川文庫）である。雑然と入り組んだ厳めしい本棚の中から何故その時この小さな詩集を手にしたか今もって私の記憶は定かではない。ただ何となく――と言うのが事実であったろう。そしてこの『山羊の歌』『在りし日の歌』未刊詩篇を含む百十篇余りの詩は悉く私の心に何らかの感動を呼び起こした。

トタンがセンベイ食べて
春の日の夕暮は穏やかです
アンダースローされた灰が蒼ざめて
春の日の夕暮は静かです

（春の日の夕暮）

一見幼稚で、そのくせ難解とも思われるこの詩はとにもかくにも私を惹きつけた。何が何だかよく分からないけれども、何が何であるか私にははっきり分かるような気がした。このちょっぴりお道化てうたう哀感のこもった詩には、人を食った一人よがりの難があるにしても、そこがそれ、また私の趣味に一致したと言ったら人は笑うだろうか。それにこの破格語法とも思われるやぶれかぶれの言葉のリズミカルな面白さ。美しい響き。これが先ず中原中也という詩人に私が虜になった最初の出会いであった。

ここが一区切りのようなので、中江はちらっと明子を見、「もう少し読んでみる」とたずねた。明子は右手を前に上げてストップのサインを出し、少ししわがれた、それでいてはっきり聞きとれる声で礼をいった。

「友さん、ありがとう」

それが、肉声の聞きおさめだった。そうとは知らぬ中江は続きが読みたくて卒論を書斎に持ち込んだ。濃紺、厚紙の表紙に金文字で刻まれたタイトル。中身は四百字詰め原稿用紙百五十枚、大学の卒論にしては長尺である。一字一字インクの文字が升目からはみ出しそうに大きく、筆圧の強い、雄々しいほどの字体が終わりまで躍動している。明子、どれほどの情熱をこめてこれを書いたことか。

中江が彼女自身から、また彼女の友人から聞いた話では、とても闊達な大学生活だったようだ。中、高と進学校にあってくすんでいたのが大学に入って一気に花ひらいたらしい。

明子は大学時代「あんこ」なる愛称で呼ばれていた。本人にいわせると、いつも男子学生に挟まれてキャンパスを闊歩していたからだというのだが、ある友人は、少々浮世離れしていてぼうっと夢を見ているようなのが海底に棲むアンコウに似ていたからよ、と反論した。

どちらの説をとるにせよ、文学ガールであったのには異論がないようで、結婚の引越しのとき、中央公論社の日本文学全集・世界文学全集ぜんぶを背負いこんできた。中江は試しに五六冊をぱらぱらめくってみたが、どの頁も読んだ形跡が感じられた。本人にいわせると全部読みつくしたのだそうだ。

おまけに彼女はヨット部に所属し、相模湾や外房の海を疾駆していたという。その頃撮った海辺の写真を見ると、肉置きがぷりぷりとし、男としてはこの頃に会いたかったなあ、の思いひとしおであった。

燃え上がる青春。彼女の大学四年間を象徴的にいえばそういうことになり、そのエネルギーの集結するところ、あるいは終結するところが卒論ではなかったか。だとすると、卒論を完結したときに、「あんこ」である玉水明子は夭折したことになる。

9章

友治の原稿

九月九日

朝六時、中江は氷を持って二階に上がった。「おはよう」に何の応答もなく、もしやと容器を持ったまま首をベッドの方に伸ばした。眼をつむり口を少し開け、顔色は蒼白い。ただ呼気の微かな音が確かな生存を示していた。

三時間前に持ってきた氷は水になっていた。少なくしておいたので溢れてはいないが、もう手に取ることが出来ないのなら運び屋を廃業せねばならない。明子の口の渇きとイガイガを思うと、何も出来ない自分をいっそう痛感する。

朝食は大根おろしと納豆と、おとといのタラコの残り。食し終わって二階へ上がり、この日二度目の「おはよう」をいった。やはり何の返事もなかったが、呼気の微音はかわりなかった。

午前十時、家の前に久しく耳にしなかった人のざわめきを感じ、中江はパジャマを外出着の短パン、Tシャツに着替えた。菫が夫、子供二人を引き連れて立っており、中江は孫たちに「就職したんだって。来年の正月はお年玉ちょうだいよ」とねんごろに声をかけた。コロナで二年以上会えず、これが再会の第一声となった。

中江はただちに彼らを二階へ上がらせ、明子に向かい「菫ちゃん、みんな連れてきたよ」と大声で知らせた。明子はうっすらと目を開け、うなずくような仕草をし、口も動かしたようだった。「ありがとう」といったのだろうが、聞きとれるだけの音声にならなかった。

中江は「ばあば、しゃべれないんだ」を彼らに手真似で示し、ばあばにかわり「ありがとう」と礼をいった。孫たち二人とも、こんな場面は初めてなんだろう。困ったような、泣きだしそうな顔になり、中江は何かジョークを飛ばそうと思ったが、自分も喉がぐずぐずして声が出てこなかった。

夫と子供たちは一時間ほどいて帰り、菫は今日から泊まり込むという。「それじゃ布団を乾燥させなきゃな」「車に乗っけてきたからだいじょうぶ」。

午後、予定より三十分早く小林看護師。患者への「明子さん、どうですか」の呼びかけに対し何の応答もなし。血圧などひととおり測定し、中江の方を振り向いた。ぎゅっと口を閉じ、自分がしくじったかのように力無く首を振った。このひと、中学生の娘がいるそうだからおばさん年齢にちがいないが、笑うと満面稚気に溢れ少女みたいな顔になる。それが今日はコチコチに固まったおばさん顔だ。

「おしっこはどうでしょう。まだ出そうですか」

「昨晩はどうでした」

「わかりません。口を利かないもので」

「こればかりは私もわかりません」

「おむつをさせるというのは？」

「本人の意に反するでしょ」

「おむつがカンフルになって激怒し、元気をとりもどすかも」

「ふ、ふ、ふ」看護師は頰をゆるめ、二十代後半の顔になった。脈をもう一度測りながら、患者の顔を観察している。

「呼吸はどうです」

「速いです。でもそれほど不規則とはいえません」

「この調子で最期を迎えさせてやりたい」

「安定剤はきちんと時間どおり貼ってますか」

「はい」

「座薬を入れておきましょう」

中江は明子の意向を組んで退出することにし、菫にはとどまるよう手ぶりで示した。この先座薬入れが彼女の役目になるだろう。

もう、なんどき息を引き取るかわからない。二人のどちらかがそばに居ることにし、事態を親族に知らせるのはやはりやめておいた。みんな東京在住で、高齢でもあるし、いずれ葬儀には来てもらわねばならないから。

中江は早めに夕食をとった。菫の作ったメバルの煮つけに、おきまりのトマトと冷やっこ。それから三時間明子に付き添い九時に菫と交替、水を一杯飲んですぐ横になった。十五分も眠ったろうか、ドアがトントンとノックされた。

「どうした、あぶないのか」

「ちがうの。お母さん、痛い、痛いって苦しそうなの」

「どこが痛いんだ」

「お腹の下のほうを押さえて」

中江は、安らかに死なせてやりたいのに、と胸で文句をいいながら二階へ上がった。

「どうしたの」

声が伝わったのかどうか、何もいわない。表情で何かわからないかと顔を覗き込む。骨と皮と、皮のあちこちに皺のさざ波が立ち、くしゃっとすぼめた顔に苦痛があらわれている。「痛い、痛い」

明子は二言発し、右手を腹の上で撫でるようにした。

腸のあたりが痛むのだろうか。しかし四十日間何も食べず、浣腸も二度やっている。食べ物での腹痛はあり得ないだろうし、胸の周辺へ転移している癌が腹部を攻撃するとも思えない。これはひょっとすると、尿意のサインではなかろうか。それがもう満タンに達していて、今更おむつをしてとも言い出せない。早く早くそちらで察してよ、とこの強情女、最後の突っ張りを見せているのではないか。

タイミングよく菫が「おしっこしたいのかなあ」と父親へ顔を向けた。「うん、俺もそんな気がする」

中江は即座に決断し、「よーし、トイレに連れて行こう」と菫に力強くいい、ついで本人に対し「トイレへ行くからね、ちゃんと立つんだよ」と優しく命令した。それが聞こえたのか、明子の顔がふわっと円くなったように見えた。

まず第一の行程。ベッドの右側にあるサイドテーブルなどをどけて空きを作る。次に仰向けの明子をそのまま少しずつ右に移動させる。この移動を、菫がベッドに上がり肩を持ち上げ、中江が膝をベッドにつけてパジャマのゴムをつかんで行った。次いで、ベッドの右端にある体を横向けにし、菫が上体を持ち上げ、中江が両膝を抱えて少しずつ右へ回転させた。そして、九十度動かしたところで脚を伸ばさせ、足を床につかせた。

「さあ、トイレに行くんだよ」

中江は声を大にしてそう宣言した。これは、持病のギックリ腰を起こすまいと気合を入れるためでもあった。菫が左、中江が右から明子の腋にそれぞれ肩を入れ、抱え上げる。ただ、半ば吊り上げた形でトイレまで運ぶのは難しい。ここは、明子の生き甲斐である自力による排尿を全うさせねばならない。

ちゃんと足は床についている。「よいしょ」と中江が掛け声を放つと、菫も「よいしょ」と調子を合わせた。掛け声付きでトイレへと向かう、おかしな一行。「よいしょ」「よいしょ」と、少しずつ少しずつ、寝室から廊下へ、廊下から洗面所へと歩を進め、ついに便座に到達した。とりあえず工程の前半はここまで。トイレでのもろもろは菫にまかせ、「お帰りの際はお知らせください」といって中江は洗面所を出た。七、八分後「お父さん」と菫。

「どうだった」

「ちゃんと出たよ」そして、腹の底からのような太い声でいった。「人間って、すごいな」

「ご苦労さま」中江は二人の女の、どちらへともなくいった。

明子を元の恰好に寝かせると、中江も元のとおりにベッドに戻った。あれだけの大事をやり遂げたのだから、あとは静かに最期を迎えるだろう。すっかり安心し、ことんと眠り、いい気分で目覚めつつあった、そのとき。

あれっ、何か音がしたな。明子の寝室は斜め上にあり、そこからであるらしい。時計を見ると一時を過ぎている。よっこらしょ、起き上がろうとしていると、ドアがノックされた。

「どうした」

「お母さん、ベッドから落ちたの」

「うへー」

「わたしがトイレ行ってるすきに」

中江はこけそうになりながら二階へ上がった。先刻テーブルをどけて空きを作り、そのままにしておいた床に、落下した体が横向け、少し「く」の字の形になっている。さきほどトイレから戻り、ベッドの中央に仰向けに寝かせたのが、どうしてここまで来たのか。ベッドはセミダブル、高さはマットを入れて四十センチほど。どう考えたって一度の寝返りでこうなるわけがない。ごろごろ転がってその惰性で落っこちたのか。まさか、それほどのエネルギーは残されているまい。

だがそんなことはどうでもよい。今やらねばならないのは明子が生きているかどうかを確かめること。中江は床に膝をつき彼女の顔すれすれに首を伸ばした。おー、息をしている。かなり速く、怖い速さであるが、ちゃんと息をしている。

骨折はどうだ。骨がぼろぼろの人間がベッドから落ちて無事でいられるはずがない。「痛い？どこか痛い？」耳元で何度か声をかけるが何の反応もない。骨折していれば、痛くて眼が覚めるだろうが、こんこんと眠ってるように見え、そのくせ息が速い。

「お母さん、どうなってるんだろう」と中江。

「ベッドにもどせるかしら」と菫。

二人は床の体の両側から、二度三度と持ち上げようとするが、わずか数センチも上がらない。動かぬこと、尻に根を生やしたようで、この体、下へ下へと沈みつつあるのかもしれない。

仕方がないので、床に布団を敷き、そっとそっと体をそこへ仰向けにし、枕をあてがった。

訪問看護は夜中でも頼めるきまりであるが、「夜が明けるまでこのままでいこう、それまで自分が看ているよ」と菫にいい、寝に行かせた。

中江は窓際の椅子を明子の足元へ移し、患者をみまもる姿勢に入った。そして呼吸の具合を確かめるため何度も椅子を起ち枕元まで足を運んだ。呼吸はいちようではなく、強くなったり弱くなったりする。弱くなると、そのまま絶えてしまうのではないか。中江はそんな思いに駆られ、明子に話しかけた。

「天国へ行けるよ、きっと行ける。すずちゃんに会えるよ、きっと会える」

何度も何度も、枕元へ行くたびにそう話しかけた。クリスチャンでもない己が確信ありげに話しかけた。

九月十日

夜が明け、双葉会に電話すると十五分で当番の看護師が来てくれ、三人して敷布団ごと患者を持ち上げベッドに戻すことが出来た。てきぱきと務めをこなす、ゴムまりみたいな看護師さんだった。

この日、日中に急な変化はなかったが、息の具合を見ていると、長さも強弱も不規則に感じないか。

られ、こちらの呼吸も苦しくなった。明子の死はすぐそこに来ている。長くもって数時間では

中江はおそい夕食を終え、八時に二階へ上がり菫と交替した。部屋は明子の呼吸音だけ。それだけが命の証しのようにはっきりと聞こえる。やみくもに先を急ぐ車の排気音みたいだ。

中江は「今晩は」といってヘッドボードのわきに回り、三十センチぐらいに顔を近づけた。むろん応答はなく、眼は閉じたままである。ただ、ぎゅっと閉じていなくて、うっすらと○・五ミリほど開いてるように見えた。小さい頃自分は姉とならんで寝ていた時期があり、夜中に姉の眼が半分開いていたので話しかけたら、返事がなかった。翌朝母に話すと、「赤ちゃんのときから目を開けて寝るくせがあるんや」と笑った。そういえば姉は「目玉のみッちゃん」と呼ばれていた。わが妻も目玉の大きさは姉とどっこいだから、眼を開けて眠っていたって不思議じゃない。中江はだいぶ気持ちが和らいだ。

息はたしかにあらい。けれど、まだ肩やあごを動かすほどではない。双葉会のくれた小冊子に、肩やあごを動かすようになるのが旅立ちのサインですと書かれてあった。

いずれにしても、死はもうそこにある。明子はもう旅の衣を着て、天からの合図を待っている。

不思議なことに、中江はだんだんと平安な気持ちに浸された。人間の死という、自分ではどうしようもない事態から、やっと解放されるのだと皮膚が直感し、そんな気持ちになっている

のか。

それもあろうが、明子の痩せほそり、ミイラ化した体のすみずみに旅立ちのよろこびが満ちていて、こちらに伝わってくるのかもしれない。

きゅうに明子を抱きたくなった。彼女を抱いてその旅立ちをともによろこびたい。

しかし、やっぱりやめておこう。抱く腕に力が入って骨がくずれたりしたら大変だ。

それならせめて隣で寝るのはどうだろう。家で死ねるよう二人で頑張ってきたんだもの、二人ならんで旅立ちを待つというのは。

よしやろう。これ、病院ではぜったい出来ないフィナーレではないか。

明子は仰向けに、夏の掛け布団を肩までかけている。中江は掛け布団すれすれに、やはり仰向けに身を横たえ、「今夜はお招き、ありがとう」といった。

ジョークをいうとたちまち調子づき、「俺、何もしないからね」と遥かむかし口にした憶えのあるセリフをつぶやいた。おっと、これいわなきゃよかったな。何もしないのはかえって失礼だから、何もしない理由を弁明しなきゃならない。

「お前さんは吉原一の売れっ子花魁。こちとら、一文無しのしみったれ。手も足も出やしません」

じつは中江、現実世界において、これとは逆のセリフをいったことがある――家から七、八分坂道を下った漁港に小さな八百屋があり、自分も明子もたまにそこで買物をしていたが、いつも別々であった。それがある日たまたまそこでぶつかり、「もうトマト買っちゃったよ」と明子に話していると、「あんたがた夫婦だったの」とおやじが余計な口出しをした。明子が笑いながら「ちがうわ、むかしのボーイフレンドよ」と煙りにまき、中江がこう修正した。「この人はねぇ、吉原の花魁をしてたんだ。それが、ぜんぜん売れなくなって俺が身請けしてやったわけ」「へぇー」とおかみさんが割って入り、「花魁とは上等じゃないの」ゲラゲラ笑いながら胡瓜を一本サービスしてくれた――。

われわれ、しんどいことも多かったけど、面白いこともいろいろあったなあ……。

明子はベッドの中央を占領し、中江はその左側、寝返りしたら落っこちそうなので、数センチ彼女の方へ身を寄せた。そのついでに右手を布団にくぐらせ彼女の手を握ってみる。とても冷たい。足はどうだろう。足も布団をくぐらせ、甲であるらしい出っ張りをさぐりあてたが、もっと冷たい。足の裏はどうかとさらに爪先を進めたが、かさかさした感じしか伝わってこない。

手はそのまま離さないでいた。自分の身体はよほど温かいはずだから、それが明子に伝わらないものか。ぼんやりそんなことを考えていたら、実際わが手にそんな感覚が生まれ、ほんわかと幸せな気分になった。

この気分は前にも味わったことがあるな。そうだそうだ、美ヶ原行きをしたときだ。

あれの始まりはといえば、パチンコ、野球観戦といつもとかわらなかった。フライヤーズが七点リードされ、途中隣のビヤホールに移り、中江はそこで気分転換を試みた。

「一度この界隈を離れ、遠出してみないか」

「いいわね」

「どこがいい」

「そうねぇ、美ヶ原なんか」

「おーおー、俺もだ」

べつに調子を合わせたわけではない。この高原に登った尾崎喜八のエッセーを読み、美しい言葉の断片を憶えていたのだ。「信濃乙女の朝の連禱(リタニー)」「そよ吹く風の無言歌」「山の日は暮れて空だけが明るい」などで、自分もぜひ行ってみたい。それより何より、松本からかなり奥に入るようだから一泊はせねばなるまい。あの辺にはたくさん温泉があるはずだ。

「いつ行く?」

「いつでもいいけど、日曜日がいい」

「どうして」

「わたし土曜の出勤が多いの。日曜に日帰りで行きましょう」

「うーん、日帰りなんてなあ。日本にはこういう諺がある。仏作って魂入れず」

「それ、喩えとして変じゃありません」

まあ一寸先、何が起きるかわからない。スケジュールがタイトであれば、きっとほころびが生じる。

日帰りであれどうであれ、中江は小さなリュックに下着と洗面具を入れ、この年運行を開始した特急「あずさ」に乗り込んだ。予め指定席を取って明子に渡してあった。このとき「これ、いくら」「いいよいいよ」「ダメダメ！」結局ワリカンとなり、出鼻において優位に立つのを阻まれた。

「あずさ」の隣席にはちゃんと明子が座っていた。顔色が冴えず、眼が腫れぼったい。たぶん遠出がうれしくてよく眠れなかったのだろう。このとき中江は、彼女が低血圧で朝が弱いタチとはまだ知らなかった。

列車がゴットンと動きだした。いつになく彼女の口数は少なく、それに空は曇天で晴れてきそうにない。ふと棚を見ると、彼女のリュックであろう、自分のの三倍ほどもある。

「あれ、君のリュック？」

「そうよ」

「ずいぶん大きいね」

「家にあれしかなかったの」

「何が入ってるの」

「とくに何も」

「ずいぶんふくらんでるね」

「ペチャンコだとかっこ悪いから、キューピーさんを入れてきたの。生後六か月ほどのを。友さんの、ちっちゃいわね」

「あれ、一泊用だよ」

「うそ、日帰り用でしょ」

「うそじゃない。あれを背負って富士山に登り、八合目で一泊したから」中江は裏付けのためさらに語った。「メンバーは草野球の仲間たち。リーダーは高校一年先輩の中村さん。彼も同じリュック背負っていたから、一泊の証人になってくれる」

「悪い仲間が口裏を合わせる、ミステリー読んだことあるわ」

「あのね、リュックが実際に役に立ったんだ。先輩、次の朝、下着を着替えていたから」

「寝汗、かいたの？」

「夢にマリリン・モンローが出てきたそうだ」

「なんだか、さっぱりわからない」

「中村さん、夢でモンローを背負い頂上まで登り、それで大汗をかいたんだ」

本当は、モンローが夢に出てきて十秒後に夢精したそうで、明子にそのとおり話せば「ムセイってなーに」と、実際はわかっていてもたずねるだろう。「へえー、中村さん、いい夢を見たのね」明子はそういったきり、眠りに入ったようで、その状況は「あずさ」が諏訪湖にさしかかるまで続いた。特急の振動音を、突然腹の鳴る音が遮ったのだ。それも「グー、グー」という連続音。思わず中江が音の方を向くと明子がお腹を押さえていた。

「ごめんなさい。夜明けに起きてお握り作ろうと思っていたのに寝坊しちゃって」

「うんうん。虎穴に入らずんば虎子を得ず、だ」

「それ、喩えとしておかしくはありません」

松本へ近づくと、いよいよ天候は悪くなった。尾崎喜八は「雲の金髪をもやもやさせた美ヶ原溶岩台地」などと車窓からの眺めを讃えているが、眼に入るのは灰白色のとばりばかり。

昼過ぎに松本駅に着き、とりあえず駅前の食堂に入った。二人とも親子丼をとることにし、注文に来たおばさんへ中江から「美ヶ原、どうでしょうね」とたずねた。「今日はねぇ、どうでしょう」と首を傾げ、何かいいたそうな顔をした。その顔を見て「あそこはやめて浅間温泉にされたら」のひと声を中江は期待したが、おばさん、口を閉じて消えて行った。

温泉行きの代案を言い出せぬまま、美ケ原行のバスに乗った。車窓から見えるはずのさまざまな風景、山間の緑の村落、青空を映す鏡のような水田、木の間隠れにキラキラと光る沢の流れなど、どれも、モノクロの素描としか見えない。

バスには十人ぐらいしか乗っていない。だのに一トンも積んでいるような大儀そうな低音を吐き、ガタガタと登ってゆく。折角上へ運んでもすぐに下へもどさなきゃならねぇな。バスの排気音がシジフォスの繰り言を連想させる。

およそ一時間で終点に着いた。乗客は一応みんな下車し、濃い霧に覆われた地に立ち、歩を進めかねている。「どうする?」「とにかく散歩コースまで行ってみましょうよ」バスの車掌に聞いたらあっちですというので、道であるらしい勾配を四、五分行くと平坦な所に出た。かろうじて散歩道を示す矢印つきの標識が読み取れた。

「どうする?」

「折角来たんだもの、ちょっと歩きましょ」

「どこまで?」

「一周一時間ぐらいかかるようよ」

「それより寒いな」

「歩けば温かくなるって」

中江は厚手のスポーツシャツと登山用のチョッキ、明子はバスを降りるとき、ヨットパーカーを着こんだ。胸のところに赤い刺繍がしてある。

明子が先に歩きだした。この高原、夏の間放牧するので、道に沿って柵がしてある。中江は一メートル後ろから彼女について行く。「何か見える」「とくに何も」十メートルほど進み、また聞いた。「何か見える」「べつに何も」中江はこんなに色の無い世界は初めてだった。ただ、目を凝らすと、空気が微かに動くのか、気体の密度により色調のちがいがあるようだ。乳白色であったり灰白色であったり、あるいはその中間の色。「何か見える」「もう聞かないで」。

と、そのとき霧の中の静寂が一瞬にして破られた。「モー」とひと声、鼓膜を揺るがせる大音響。牛の声、といえばそうなのだが、これが船の汽笛だとすれば一発の吹鳴で船体をバラバラにしかねぬほどのすさまじさ。

明子が「わー」と声をあげ後じさりし、次の瞬間尻もちをついた。後ろの中江は手も足も硬直、明子を抱きとめようにもなす術がなかった。

息つく間もなく、またもおどろしい「モー」の声。ずんぐりと小山のようなものが動き、こちらに向かってくるように見えた。あれが声の主なら鼻息だけで柵を壊すだろう。中江はとっさに行動した。明子の前に回り、背をかがめ、両手を後ろに伸ばし、背中へ乗れ、と命じたのだ。こうすれば、彼女の胸にある赤い刺繡も、敵に見えないだろう。自分のリュックは薄っぺらだからその上にかついだ。

明子を背に歩きだすと、牛のやつどうしたのか、しずかになった。背中のひとは、想像したより重かった。一見細身に見えるが案外グラマーなのかもしれない。そんなことが脳裡にちらちら浮かぶにつれ牛の巨大な影が薄れゆき、明子も落ち着いたようだ。

「降ろして。わたし歩けるから」

「オーケー、どっこいしょ」

中江はアメリカン・パトロールを口笛で吹き、彼女の手をとって車の発着場まで歩いた。ちょうど路線バスが停車しており、フロントの「松本駅」の表示に「浅間温泉経由」とあった。

明子がそれに気づいたかどうか、中江が先に乗り込むとすいすいとついてきた。五分後発車時間となり、その前に車掌さんが「浅間温泉を経て松本駅まで」と、念押しのようなアナウンスをした。「へえー、温泉回りなのか」中江がつぶやくと、彼女も「へえー」といった。

この「へえー」のトーンについて、中江は思考をめぐらせた。びっくりしたのか、自分みたいにとぼけたのか、それともまんざらでもないのか。結論の出ぬうちに彼女が中江の膝を軽く叩いて質問した。

「わたしをおぶって、重かったでしょ」

「うーん、どうだろう。中村先輩の夢に出てきたモンローぐらいかな」

「キューピーさんの分、重くなったのよ。生後六か月だから」

「何キロぐらいある?」

「わからない。計ったことがないから」

「浅間温泉に体重計、あるかもしれないな」

「お風呂にも入れてあげたい」

「生後六か月じゃ立ち泳ぎするよ。それ、見てみたいな」

「女の子だから、わたしがつれて入ります」

「それじゃ男風呂から君の方へ声をかけるよ」

「何ていうの」

「モー、モーと二度」
「わたしも応えるわ、モー、モーと」
中江はほんわかと幸せな気分になり、明子も同じなのか、知らぬ間にといってよいほど自然に手を握り合った。二人は手をそのままに浅間温泉のバス停へ降りた。

ほんわかした気持ちをストップさせたのはやはり尿意であった。こればかりは時刻表どおりやって来る。時計を見ると十時、明子のそばに寝てから二時間たっている。死にゆく人に付き添う身でありながら、夢のような時間を過ごした気がする。

トイレから戻り、中江はしばしどうしようか思案した。明子の様子は、肩に少し動きがあるようで、顔色は白にちかい土気色、額も手指も乾いて冷たく、触るとどこも硬く、それでいて少しの力でばらばらになりそうな感触。足は氷みたいで、皮膚は干からび、薄茶色をしてまだらに青い。痩せ細り、針金細工のようになった体。中江は見ているうちにひょいとカマキリの姿が瞼に浮かんだ。九月から十月に、これがよく網戸にとまっている。緑色であったり茶色であったり、どれもとまった場所にじっとして動かない。網にくっついたまま死んでいるのかと、戸の内側から軽くノックすると、やおら動き出し、ちょっと位置を変え、またじっとする。もはや死は間近であり、強くノックすると、ポトリと落ちてしまいそうだ。何日間かそうしてカマキリの生きているのを確かめ、その翌朝カマキリが居ないのを発見する。まわりの地面をさがすがどこにも見当たらない。毎年これをくりかえすうち中江はさとった。わが家に来るカマキリはしずかな最後を送った後そのむくろを見せず土に還るのである、と。何と崇高な死であろうか。

明子は、このカマキリに似ていはしないか。いま呼吸はあらいけれど、ここまで何とか平安に最後の日々を過ごすことが出来たと思う。あと少しだ、あと少しで彼女が望んだ、自然死にちかい死を迎えられる。

中江はやはり明子の横に身を横たえた。呼吸はさきほどよりあらく、これに合わせ、例の腹筋運動を試みたら彼女の呼吸に追いつかない。それでも百回を二度やると、血が頭から腹へ駆け下り、またぼうっと安らかな気分になった。

中江は息の具合に耳を澄ませた。せわしない排気音の中に、笛のような高音やベースのような低音がまじったりする。そんな呼吸音を、中江は耳障りな不快な音とは聞かず、想像をぽんと飛躍させる。これ、コンドルが天空目指し羽ばたく音か、潰走するナポレオン軍の乱れる靴音か、嵯峨の竹林へ吹きおろす北風の音か。

場所柄をわきまえない、そんな言葉の遊びはすぐにやめ、中江は真面目にこう考えた。明子がいま行っているのは、人生の幕切れに当たって、この世で味わったさまざまの感情を、喜びも悲しみも苦しみもすべて、一気に、アレグロの速さで排出してしまうこと。

これ、一種の音楽ではなかろうか。ベートーヴェンのように真摯な、マーラーのように哲学的なパッセージ。中江はいっそう安らかな気分になった。

音楽といえば、この部屋にも明子の好きなCDとプレーヤーが持ち込んである。そうそう、一度彼女と上野の東京文化会館へ行ったことがある。あれっ、あのときも腹がグーと鳴ったのではなかったか。


美ケ原へ行った年の秋のことで、彼女が誰かから切符をもらい、「彼氏と行きなさい」といわれたそうだ。「彼氏って俺のことか」中江は憮然として答えた。大学時代はもっぱら三等席を買い、野球のシーズンオフの埋め合わせにしていたが、卒業してからはごぶさたしている。夜、音楽にするか酒にするかと自問し、後者を選択するからだ。「曲目は何?」儀礼上聞いてみたら「ブラームスの交響曲第三番」と答えられ、行く気になった。この曲、一、二楽章はブラームスらしくぐずぐずと内向的だが、三楽章は抒情的で、夕べの海を想わせる。寄せては返す波音が愁いをおびて美しく、やがてそれが諦念の凪へとしずまってゆく。

さてこの日の切符は一等席で、耳への響きは申し分なかったが、一、二楽章を半分眠りながらやり過ごし、さあいよいよだと居ずまいを正した、そのときである。

腹がグーと鳴った。特急「あずさ」とはちがい、今度は中江の腹であった、明子は抜け目なくこれを聞き逃さず、肘で脇腹をつついた。

腹のグーは一度でおさまらず、そのうえに明子がクスクスやるので、哀愁も諦念も吹っ飛んだ。それでも盛大に拍手をし、表に出ると、腹はおとなしくなったが、何か入れなくちゃならない。

上野の山を下りて、不忍池のほとりから湯島のネオン街へ入った。一軒、小料理屋らしい店の、土壁のはがれ具合が好ましく、入ってみると、おばさんが一人帰り支度をしていた。「腹ペコなんだけど、ダメ?」腹を押さえ体を二つに折ると、「ご飯は残ってるけど、用事があってね」と答え、「そうだ、娘に聞いてみるわ」と電話をかけ、終わると中江にこういった。「娘がこの先でスナックをやってるの。よかったらご飯を持ってそこへ行きなさい。何か作ってくれるから」「ありがとう。お代は」「あちらでたくさん払ってよ」

ネオン街の外れ、ぱたっと暗くなった所に店があった。名前は「ソワレ」。カウンターのみの、ママ一人の店。柱や梁は濃いチョコレート色。壁は無住の禅寺のような煤けた白、和紙をかぶせた電燈が二つ天井から下がっている。「腹ペコの方ですね」「はい」「どうぞお好きな席に」二人は入口近くに座り、お母さんからのご飯を差し出した。「チャーハンでよろしいですか」「はい好物です」ママは中江へにっこり笑いかけ、その笑みを明子にも向けた。色白のほっそりした顔、ひっつめ髪などクラシックな女人であるが、笑うとつるつるの茹で卵みたいに可愛くなる。中江はビールを頼んだ。

客は一人もいなくてひっそりしている。そんななか活動しているのはフライパンの音、香ばしいにおい、一品を待つ二人のお腹。

二人は馬が飼葉桶に顔を突っ込むごとくに食べ、ママへ心をこめて礼をいった。

その直後である。一人、口ひげをたくわえた男が無言で入店、指定席であるらしい一番奥の席に腰をつけた。和服の着流し、薄茶のサングラス、髪はオールバック。その得体の知れなさからすると、ヤクザの親分か、大学教授か。

一本目のビールを空け、さてどうしようか。思案の隙をつくように男が声をかけてきた。「ちょっとうるそうなるで。こらえてくれや」すかさずママが説明した。「バイオリンの流しを呼んだのです。とっても上手ですよ」男が付け加えた。「副業でやってるんや。ぶっちゃけた話、もぐりでやっとるんだ」唇に指を立て、目玉をぎょろつかせた。他言は無用やでといいたいらしい。

その流しは紺の背広に白ワイシャツと、もぐりの手本のような恰好で現れた。弾いたのは、アルベニスの「タンゴ」ほか二曲。これ、着流しのリクエストかな、と疑問を持ちつつ、中江は素晴らしい演奏に酔い、つい口走った。「一曲だけリクエストしたいのですが」「何でしょう」「ブラームスのシンフォニー三番三楽章」「ああ、イブ・モンタンが歌ってますね。『さよならをもう一度』」「そうそう」「シンフォニーの楽譜より、あれのほうが弾きやすいです。」「どうぞ、モンタンでやってください」

モンタンの歌、あれは彼が主演した映画のBGMで、映画は三角関係をテーマにしてややっこしく、一方モンタンの歌唱はもっと単純、若き日の恋をほのぼのと追想して美しかった。流しの奏でる旋律はこれと趣を異にし、むしろブラームスそのもの、哀愁が諦念へと沈潜してゆく、何ともいえぬ余韻。中江は電燈が揺れるほど拍手を送り、ママに小声でうかがった。「いくらほど払えばいいですか」すかさず奥の着流しから声が飛んだ。「わしの顔つぶしてどうするんや」中江はそちらに向かい、起立して礼をいった。

店の払いはとても良心的で、チャーハン代をといってても取り合ってくれなかった。二人は店を出ると、まん丸い月を見て歩きだし、少し行くと爪先上がりの坂になった。何軒か、その頃はまだラブホテルといわなかった休み処がならび、ネオンをチカチカさせていた。それを横目に坂を上がり、湯島天神へと歩を運んだ。月に照らされ境内の石畳に影法師が二つ。この影法師、一つにくっつくこともなく二人の前を行き、社殿へと案内した。二人はそこで息を合わせ柏手を二度打ち、社殿へ額づいた。

いい夜だったなあ。出会った人たちも、チャーハンの味も、ネオンのチカチカも……。

あ、あっ。中江は思わず声が出そうになった。隣の呼吸音があらい、ひどくあらい。言葉にすると「ハッハッハッ」と笑い声のようになるが、鋭い歯で切り裂くような、火を噴くような、そんな激しさ。ラッセル車が雪をはねのけ進む光景が思い浮かんだ。難行苦行をあらわにするすさまじい轟音。何とか前へ進もうと全力を尽くすその姿。そのけなげなほどの姿がふいに一つの苦難の旅を思い出させた。妻と娘の沖縄への旅、一日に何度も祈り、祈り合った二十年前の旅。妻はこのときのことを教会の月間通信にこう記している。

小さな旅の大きな恵み

エントランスを抜けると広いロビーのテラスの向こうに、南国の光と風を受けてエメラルドグリーンの海が眩く輝いている。海を背にしてロビーの中央には、真紅のバージンロードが敷かれ、祭壇が整えられ、年老いた牧師が若い二人の結婚のために司式を行っている。「夫は妻を自分のように愛しなさい。妻は夫を敬いなさい……」

ここは、沖縄のブセナ岬にあるリゾートホテルのメインロビーである。今まで生きてきた人生の大半が不条理であると頑なに思い込んでいる娘と二人、ささやかな心の癒しを願っての旅の三日目のことであった。一日に何度も祈り合わなければ先に進むことのできない旅でもあった。

参列者は、花嫁、花婿の両親と友人数人のみの結婚式である。しかし牧師は、新聞を読む人、電話をかける人、話をする人、この雑踏のさ中にあってこれ等の人々も証人とみなし、説教をし、すべての人々に祝福を与えられた。私達も旅行者の何人かと傍近くにおり、共に賛美歌を歌い、フラワー・シャワーのお手伝いに与らせて頂いた。水を葡萄酒に変えられた主のカナの結婚式のことを思い、神がすべての人々を清め、新しい葡萄酒を差し出されたことを実感し、私達の旅も祝福されているとの思いを強めた。そう、そしてこの後も主はずっと私達と共にいてくださり、私には見えないしるしを娘に刻んでくださったのである。

娘のすずは翌年の二月病床洗礼を受け、その翌年三月向精神薬を多量にのみ帰らぬ人となった。

娘ははたして天にいるのだろうか。教会の葬儀で司式の牧師は「必ず天に上げられます」と言い切った。中江もそれを信じたい。そして、今やラッセル車が脱線するのでは、と思われるほど息があらくなった妻も天に上げてもらいたい。

妻が八月八日の日記に記したように、うっすらと淡いピンク色の空に娘がいて、そこへ妻が両手をひろげ昇っていって娘を抱きしめる。つよくつよく抱きしめる。

そうあってほしい。この世でたくさん艱難をもらったのだから、そうならなきゃどうするんだ。

「お父さん」

中江ははっと我に返った。菫がベッドの裾に立っていた。

「何時だ」

「ちょうど十二時。わたし看てるから少し休んだら」

明子を見ると、肩ばかりかあごも上げ下げしていて、いよいよ最期であることははっきり見て取れたが、中江は菫にまかせることにした。一種充足感に似た、同時に空白感にも似た、何かで胸がいっぱいになっていた。

台所で缶ビールを立ち飲みで空にし、ベッドに横になって五分もしないでドアがノックされた。

「お父さん、お母さんが」

「息を引き取ったのか」

「うん、零時三十二分に」

「そうか、ご苦労さま」

中江は身を起こしながら考えた。福本先生が来てくれるまで何か音楽をかけよう。明子の好きだったヘンデルの「オンブラ・マイ・フ」とか、バッハの「主よ、人の望みの喜びよ」なんかを。

著者略歴

小川征也（おがわ・せいや）
昭和15年、京都市に生まれる。昭和38年、一橋大学法学部卒業。
昭和39〜42年、衆議院議員秘書を務める。昭和43年、司法試験合格。
昭和46〜平成19年、弁護士業務に従事。著書に、『巴里の雨はやさし』『風狂ヴァイオリン』『花の残日録』『老父の誘拐』『先生の背中』『恋の鴨川駱駝に揺られ』『KYOTOオンディーヌ』『湘南綺想曲』（以上、作品社）

夏（なつ）のレクイエム

二〇二三年十一月二五日第一刷印刷
二〇二三年十一月三〇日第一刷発行

著者　小川征也
装幀　小川惟久
発行者　青木誠也
発行所　株式会社作品社

〒一〇二-〇〇七二
東京都千代田区飯田橋二ノ七ノ四
電話　（〇三）三二六二-九七五三
FAX　（〇三）三二六二-九七五七
https://www.sakuhinsha.com
振替　〇〇一六〇-三-二七一八三

印刷・製本　シナノ印刷㈱
本文組版　㈲マーリンクレイン
落・乱丁本はお取り替え致します
定価はカバーに表示してあります

ISBN978-4-86793-007-6 C0093

小川征也

湘南綺想曲

七十歳の独居老人が、ある日偶然に一人の奇妙な男と出会う。……ユーモアの中に巧みにペーソスを盛り、俗のうちに純粋さを浮き立たせ、湘南を舞台に言葉の綺想曲を展開する。

KYOTOオンディーヌ

八分の煩悩と二分の純心。現世の欲望と色欲にまみれた業深き男たちが織り成す恋と欲動のアラベスク。多彩な夢と快い眠り、美しい姫たちが紡ぐ目くるめきミステリアス・ロマン。

小川征也

老父の誘拐

次期総理最有力候補の老父が何者かに誘拐される。不意の事件によって暴かれる日常の虚飾の現実。人にとって本当の《真実＝大事なもの》とは何か？　富岡幸一郎氏（文芸評論家）推薦

花の残日録

《百田草平、四十八歳、弁護士。膵癌で余命一年を宣告さる》それでも、さばさばからっとハードボイルドを貫き、常にユーモアを絶やさず、時には馥郁と花香る中年弁護士の終活物語。